84歳の母さんがぼくに教えてくれた大事なこと

辻仁成
Hitonari Tsuji

KADOKAWA

84歳の母さんが
ぼくに教えてくれた
大事なこと

84歳の母さんがぼくに教えてくれた大事なこと　目次

III　177

ブックデザイン　アルビレオ
本文DTP　株式会社アイ・ハブ
校正　株式会社鷗来堂

I

母さんとの出会い

人間は誰もが母親から生まれてくる。

ぼくも母さんのおなかからこの世に飛び出してきた。

でも、そこにいるのが母さんだと、最初からわかっていたわけじゃない。

いつもぼくは母さんの背中におんぶされていたし、いつも抱っこされていたし、いつだって一緒に寝ていたので、だんだん、少しずつ、なんとなく、じわじわと、この人が自分の母親なのだとわかっていった。

でも、それはごく自然なことだった。

ぼくが母さんを認識した時の記憶はもう残っていないけれど、でも、幼稚園に上がる前よりもずっと前の、なにかぬくぬくとしていた頃の感触や香りや気配というものを覚えている。

I
母さんとの出会い

そうだ、3歳とか4歳の頃に、母さんに優しくされていた頃の、覚えている限り一番古いものだと思うが、それはきっとぼくが自我というものをはじめて持った時の最初の記憶じゃないだろうか。

ぼくは、たぶん、ストーブの前に座っていた母さんの背中におんぶされていて、母さんの広くて温かい背中に頬を押し付けながら、もしかすると、やかんの湯気なんかを見ていたのかもしれない。

まだ悩みや不安もなく、湯気越しに、窓外の寒そうな灰色の風景を眺めていた。

母さんが子守唄を歌う時の肺の振動だとか、そういうぬくぬくとしたイメージだけが微《かす》かに残っている。

母さんが着ていたセーターのもわもわした繊維にまとわりつく光りとか、自分の指先とか、母さんの髪の毛の香りだとか、けれども記憶とまでは言えない、ぼんやりとしたイメージの集積に過ぎないのだが、でも、赤ん坊だったぼくの脳裏《のうり》に焼き付くに十分な母さんの第一印象がそこにはあった。

それとて、もしかするとのちに成長した幼いぼくが勝手に捏造《ねつぞう》した、記憶の再合成のようなものだった可能性はある。

あるいは、母親に対する、もしかすると理想のようなもの……。

家族のモノクロの写真が数枚残っていたので、そこからなにかと紐付《ひもづ》けして、記憶が勝手に操作されて生み出された、後付けの創作物かもしれない。

でも、母さんの匂いやぬくもりや存在はきっとそんな感じでぼくのすぐ横に、傍《そば》に、身近にあったのじゃないか、あながち間違えてはいないのじゃないか、と想像する。

ぼくが赤ん坊の頃の写真というのが、現実、実はあまり残っていなく、きっとまだ写真機が普及する前だったからかもしれないが、現存する数枚は、赤ん坊というよりも、2歳とか3歳の頃のものがほとんどだ。

でも、一枚だけ、アップの写真があって、たぶん、父さんが撮影したものじゃないかと思うが、そこに写ったぼくは眉毛が開いて、まるまるとしていて、笑っていて、幸福そうな顔をしていた。

そうだ、間違いなく、幸福であった。

保険会社の会社員だった父と筑後川《ちくごがわ》に浮かぶ大野島《おおのしま》のマドンナだった母とのあいだに生まれたぼくには、その時、どんな人生が待ち受けているのかわかろうはずもなかった。自分の人生を予見できた者などいない。最初からその一生を理解して生まれた者などはいないのである。

ぼくも例にもれず、ただの無垢《むく》な赤ん坊であった。

きっと、母さんの母乳を吸って、母さんが拵《こしら》えた離乳食を食べて、泣いて、笑って、ひっくり返ったり、寝たり、そしてある時、ハイハイをはじめたのであろう。

それから両親に見守られながら、ぼくは二本の脚で立ち上がった。よちよち歩きの時代、ぼくが歩むその先につねにいてくれたのが母さんだった。

母さんが八重歯を見せながら、手を開いて、ぼくを待っていた。

ぼくの前方には母さんがいた。

「ひとなり、こっちへおいで」

と母さんが優しくも力強い声でぼくを呼んだ。

その声にひっぱられるように、ぼくの小さな足は一歩、一歩と踏《ふ》み出した。

ぼくはそこへ向けてよちよちと歩き出したのである。その時の母さんはきっと間違いなく、ぼくにとっては最初の目標であり、到達地でもあった。

そこをめがけて歩き、ぼくは生きることの大切さを学びはじめることになる。

「ひとなり、こっちよ、ほら、こっちへおいで」

覚えていないけれど、覚えているようにその当時のことをこうやって克明に書くことができる。

記憶にないのに覚えている、というのはへんな言い方だけれど、それはあらゆる人間にとって共通する、親との出会いでもある。


ところで、物心というものはいつ生まれるのであろう。

物心というものがぼくに宿った時の記憶がある。

他人と比較できたわけじゃないけれど、ぼくは2歳か3歳の時にすでにこころの存在を知っていたし、いわゆるトキメキやトキメくことを知っていた。

ドキドキとしながら、この世界と対峙していた。

こころがつねに飛び跳ねていた。なにかがグルグルと身体の中心で動き回っていたのを覚えている。

それがなにかわからなかったけれど、今なら推測することができる。

それは、こころ、だ。

ぼくはハイハイしはじめた頃、すでに「こころ」の存在を認知していた。

幼いぼくはなにかがぼくの内側にいることを悟っていた。

へんな言い方になるが、ぼくは最初の頃、自分のこころと会話をしていた（いいや、今でも時々、自分のこころと話をしている）。

言葉にならない言葉を発しながら、ぼくは母さんに、なにかへんなものがぼくの中にいることを伝えようとしていた。

その形にならないへんなものこそ、こころ、であった。

とのちに、これもなんとなくだけど、わかるようになっていく。

ぼくは自分のこころに名前を付けるようになるのだけれど、そのことはこの作品の本題からそれるので省くことにする。

室内で赤ん坊用の三輪車に乗っている一枚の写真がぼくのお気に入りで、そこには、くりくり天然パーマの、まるで絵本に登場するキャラクターのようなぼくが写っていた。

でも、あの頃すでに、ぼくはこころの方が肉体よりもずっと大きな存在であることを知っていた。

肉体よりもこころが大きかったので、そのせいでぼくの動きは鈍かった。

ぼくはいつだってこころに振り回されていたのである。

ぼくはものすごくませていたし、女の子のようにおしゃべりだったし、元気なこころのせいで落ち着かない性格でもあった。

すでにいろいろなものを吸収しはじめていたし、こころがぼくを唆《そそのか》し、たぶらかし、命令し、動かしていることをすでに自覚してもいた。

なにか奇抜《きばつ》な突拍子もない行動をとる時、それはだいたいこころの命令であった。

母さんがぼくを抱き上げてくれている時の、なにか切ない感情というものを忘れることができない。

人と接することを教えてくれたのは母さんだったし、ぼくにこころの存在や在《あ》り処《か》を教えてくれたのもやはり彼女であった。

「それは、こころよ。こころ」

そう告げるとなぜか母さんは頭ではなく、ぼくの胸の中心をトントンとタップした。

「ひとなりが、見ようとしているもの、つかもうとしているのは君のこころだよ」

その小さな振動がぼくを大きく揺さぶり、こころが人間を動かしているのだ、と気づくことになる。

ぼくが泣くと、母さんは、

「こころが悲しいと言わせている」

と言った。

ぼくがニコニコ微笑《ほほえ》んでいると、

「あら、ひとなりのこころはご機嫌だね」

と言った。

だからぼくは自然と、ぼくにはぼくとは別にぼくのこころがあって、ぼくの一生に関与しているのだと理解するようになる。

「ひとなり、人間にはみんなこころがある。でも、中にはこころがない人もいる。こころが大きな、こころの広い人間になりなさいね」

そうだ、幼いぼくはずっとこころの成長というものの中にいた。

こころを支えるために、ぼくという肉体があった。その肉体はこころを載せる船だと、のちにぼくは悟るようになる。

人間はこころを載せて、こっちの岸からあっちの岸へと渡る船なのかもしれない。

あらゆる人間がその旅の途上にいる。

Life is a journey towards guiding light….
ぼくの、人生という名前の旅のはじまりであった。

ひとなり。期待し過ぎるな。バカにし過ぎるな。
くよくよし過ぎるな。我慢し過ぎるな。
悩み過ぎるな。腹立たせ過ぎるな。謝《あやま》り過ぎるな。
食べ過ぎるな。頭抱え過ぎるな。くじけ過ぎるなよ。

旅は人生の道標《みちしるべ》

その後、ぬくぬく幸せだったぼくは自分の居場所をなにかに奪われることになる。

ぼくには二つ年の離れた弟、つねひさがいた。

ある日、気が付くと、そいつが、そこにいたのだ。

そうだ、つねひさを背中におんぶしていた母さんの記憶が残っている。

あるいは、その時の記憶を通して、ぼくは自分の赤ん坊だった頃の思い出を捏造したのかもしれない。

その光景を強く思い出すことができる。見上げるぼく、聳《そび》える母さん、そしてその背中で幸せそうに寝ている弟……。

なぜか、それも冬の日の記憶であった。

母さんはもわもわのセーター（もしかしたら手編みのセーターだったかもしれない）を

着て、弟をおんぶしながら、ぼくになにか大切なことを語りだした。

物心がついた時に、最初にぼくに語りかけてくれたのは父さんじゃなく母さんであった。ぼくが弟にやきもちを焼いて泣いた時に、母さんが笑いながら、こんなことを言った。

その言葉たちはぼくの耳から侵入し、ぼくの頭の中に居座った。

それは結構長いこと、ぼくが大人になった今でもずっと、ぼくの中に焼き付いて離れることがない。

それほどにインパクトのあるメッセージであった。

「ひとなり。よ〜く覚えておくといいよ。人間はいっぱい泣いて、大きくなる。総理大臣であろうと、偉いお坊さんであろうと、泣かないで生まれてきた人間なんかいないんだよ。だから、泣いてよし。泣くのは、自分があるという証拠なんだ。ここにぼくがいる、ぼくのこころがあるよ、と伝える大事なメッセージでもある。どんどん、泣いたらいいんだよ。これからの人生、いろいろなことがあるんだからね。悲しいね、それが人生というものだ」

「じんせいってなに？」

母さんは背中にいる弟を気遣いながら、こう告げた。

「泣くこと、笑うこと、起き上がること、食べること、うんちをすること、好きになること、嫌いになること、走り回ること、けんかすること、仲直りすること、怒られること、悟ること、考えること、くじけること、立ち上がること、許されること、もちろん許すこと、みんなで生きること、そして眠ることだよ」

その時、ぼくは全部を理解できたわけじゃなかった。

でも、なんとなく人生というものの最初のイメージを摑《つか》むことができた。

もしかしたら小説家という職業を選ぶ何某《なにがし》かのきっかけも、この時の母さんとのやりとりが影響していたのかもしれない。

へ〜、それが人生か、と思った最初であったたし、ぼくという人間がなんだかわからないけれど生きることの意味みたいなものを朧《おぼろ》げに考えはじめた、それがまさにその最初の瞬間でもあった。

母さんはその一つ一つについて語りだした。

ちなみに、ぼくは母さんのことを当時、つまり幼少期にママと呼んでいた。

いや、高校生くらいまで、ずっとママであった。

たぶん、ママから母さんに移るタイミングで、ぼくは大人になったのである。


母さんがぼくに、悲しい気持ちについて語った時があった。

これもあまりに昔のこと過ぎてはっきりと具体的に覚えているわけじゃないが、たとえばぼくが大泣きしていると、ぼくの目の高さに母さんはしゃがみこんで、ひとなりはなんで泣いているのかわかってるの？　と訊《き》いてきた。

泣いている子に向かって、なんで泣いているのかわかってるかって？

それはとっても奇妙な質問じゃないか。

「だって、ぼく、悲しいんだもの」

とぼくは泣きながら反論した。

すると母さんはぼくを抱きしめ、悲しいという気持ちはとっても大事なんだよ、とこれまたおかしなことを言いだした。

「悲しいという気持ちは人間を成長させる。悲しいと思うから人間は悲しくならないようにいろいろ考えて行動するようになる。ひとなりは今、悲しいと思った。それはどうしてだと思う？」

ぼくは、え？　と思わず泣くのをやめて考えこんでしまう。

そして、どういうこと？　と訊き返してしまった。

「ひとなり、お前は今、どこが悲しいの？」

「どこって……どこかな」

「頭の中が悲しいの？」

「うん。でも、頭だけじゃない。もっと全体」

「そうでしょ？　頭だけが悲しいんじゃないんだ。頭は考えたり、悩んだり、ぼんやりしたり、痛くなったりする場所で、悲しくなる場所じゃない。悲しくなるところは別にある」

「どこ？」

母さんはなんとなく、ぼくの胸のあたりをぼくぜんと指さし、

「どこにあるのか、誰も知らないけど、母さんはこの辺かな、と思うけど、どう？」

と微笑みながら告げた。

なんとなく、胸のあたりが悲しいと思っていたので、うん、とぼくは同意した。

「お医者さんにこころはどこにあるの、と聞くとね、だいたい、頭、と言うよ。それは正しいけど、ほんとは頭じゃない。こころが悲しんでるのを頭でわかっているだけだ。お医者さんたちは、こころは頭だと思っているんだよ」

その時、ぼくの目に、母さんはどのお医者さんよりも偉い人に映っていた。

悲しい時、頭の中で悲しいという記号に変わるから、もしくは言語に変わるから頭が悲しいのだと人は思うのだろう。

でも、こころは記号じゃない。

じゃあ、なぜひとなりは、悲しいのかな、と母さんは優しい笑顔で続けた。

「それはね、自分の思い通りにならなかったからだよ」

「おもいどおりってな〜に？」

「つねひさばかりがおんぶされて、自分はおんぶされないので、なんかママに冷たくされたと思ったんだろ？　それで涙が出た」

ぼくは、思い出して、うん、と再び涙を浮かべ直しながら頷いた。

「自分がこうしてほしいと思うことがその通りにならないことを、思い通りにならない、と言う。おんぶされたいのに、つねひさばかりがおんぶされるから、ママに冷たくされたと思ったんだろ？」

ぼくは思い出してまた泣き出してしまった。ぼくが泣いているのに、母さんは笑っていた。そして、頭を優しく撫でてくれた。

「ひとなり、なぜなら、つねひさはまだ生まれたばかりで自分ではなにもできない。だから、ママがおんぶするしかないんだよ。お前はつねひさより2年も先にこの世界にやってきた。だからお兄ちゃんと呼ばれている。今まで自分がおんぶされていたのに、今、その場所をつねひさに奪われてしまった。ママがつねひさばかり可愛《かわい》がっているように思えてしょうがないんだ」

ぼくは号泣した。

母さんはぼくの涙を拭ってくれた。

「でもね、ひとなりもずっとこうやっておんぶされていたんだよ。人間には順番がある。お前の方が先に生まれてお兄ちゃんになったんだから、今度は弟のために我慢しなきゃならない。なぜなら、ママは一人しかいないからだ」

「そんなのやだ〜」

とぼくの号泣はおさまらない。

窓ガラスが揺れるくらい大きな声で泣いたものだから、母さんの背中ですやすや寝ていた弟までが泣き出してしまった。

でも、母さんは怒らない。笑っている。

「だから、泣いてイイんだよ。泣いて泣き疲れた時に、お前はちょっとだけわかることがある。自分がお兄ちゃんなんだってことだ。そしたら、よし、弟の面倒をみなきゃって思うようになる」

「思わない！　わかりたくない！　ぼくもおんぶしてほしい」

「その気持ち、悲しいという気持ちを人間はずっと持っていかないとならない」

「なんで?!」

「それが人生だからだよ」

ぼくはヒクヒクしながら、じんせいなんか嫌いだ、と吐き捨てた。

母さんがぼくを抱きしめてくれた。

母さんの背中で赤ん坊が大声で泣いていた。

自分よりも小さな生き物だった。

こいつが母さんを奪ったのだ、と憎たらしくてしょうがなかった。

「ひとなり、いっぺんにわかろうとしなくていいよ。今、覚えておくのは、泣いてイイということ。泣くのは悲しいから。悲しいという気持ちは時々やってきてお前をそうやって泣かすけど、それは長い人生においてとっても大事なことでもある」

弟が泣きやんだ。母さんが身体を少し捻《ひね》って、つねひさの顔をぼくに見せてくれた。

「よく見ておきなさい。この子がお前の弟だ」

ぼくが睨《にら》みつけると、その猿みたいな顔が面白かったのか、猿みたいな弟が笑った。

これがぼくの弟なのだ、とぼくはその時、悔《くや》しかったけれど観念することになる。

ひとなり。いらいらしてこころが安定しないのは、期待するから、信頼しないから、疑《うたが》い続けるから、人任せにするから、相手のせいにするから、希望を侮《あなど》るから、自分の可能性を信じないから、愛をなおざりにするから、しがみつくから、ご先祖に感謝しないからだよ。

こころはどこにあるの？

ぼくはきっとこころの方が身体よりも早く成長したように思う。

よく覚えていることがある。

3歳とか4歳の頃のことで、ぼくは東京の日野市《ひのし》の団地に住んでいた。

そこは日本で最初のマンモス団地で、戦後の日本が立ち直る、近代化が進む中での象徴的な住居群、建造物、そして近代を示す場所でもあった。

聳える団地は灰色で、四角くて、巨大で、荘厳だった。

そしてコンクリートの広大な駐車場には、マイカーと呼ばれる小型車がずらりと並んでいた。

ぼくは団地の子供たちとよく遊んでいたのだけれど、ある日、異変が起きた。

その時、太陽が西の空に沈みかけていた。

夕陽が空を赤く染め、そうだ、あれは秋の日の夕刻のことであった。

長い夏の厳しさが通り過ぎ、空気にもツンとした冷たさが混じっていた季節。

その時、ぼくは西の赤い空を見上げながら動けなくなってしまう。

空があまりに切なかったからだった。

でも、切ないという言葉を知らないので、なにかわけのわからない感情に支配されて、帰りたくてもそこから動けなくなってしまったのだ。

すると、母さんがぼくを捜しにやってきて、「どうした、ひとなり。心配して捜しにきた」とぼくを見つけるなり言った。

大きく肩で息をしていたので、あちこち捜し回ったみたいだった。

「誘拐にあったかと心配したじゃないか」

でも、ぼくは動けなかった。夕陽から目が離れない。

「ママ、なんかこの辺がキュってなって、へんなんだ」

ぼくは胸の中ほどを指さしてそう告げた。

母さんが夕陽を振り返った。そして、穏やかな声で言った。

「それはこころのせいだよ。こころがお前を切なくさせてるんだ」

またこころか、と思った。

「切ないってなに？」

「胸が、キュってなってるって言ったじゃないか」

「うん。キュってなってる。なんか苦しいような、悲しいのとは違うけど、息ができなくなるような感じ。どうしていいのかわからない感じ……」

「それを切ないと言うんだよ。こころがお前をそうさせている」

ぼくは母さんを見上げた。

「こころは悪いことをしているの？」

「いいや、悪いことじゃないよ。こころはお前に人間らしい感情を教えようとしている」

「かんじょう？」

「こころの動きのことを感情と言うんだよ。こころがキュっとなっているから、お前もキュっと切なくなってる」

「なんで、ぼくはこんなにキュっとなっているの？」

「それは夕陽を見ているからだ。あの夕陽はね、地球が今日の終わりを告げている合図。カラスが鳴いて、太陽が遠ざかって、この一日がもうすぐ終わるよ、と教えてくれている。太陽が地球の向こう側に去っていくところだ。はじまりがあり、終わりがある。この繰返しが一日と呼ばれる尺度で、生き物にはずっと付きまとう。そういうことを自然という。人間にはどうすることもできないものだよ。切ないというのは、人間が仕方なく受け入れなければならない気持ちなんだ。そして、それは同時に、お前が人間のこころを持ったということだ」

「人間の?」

ぼくはしゃくど、とか、しぜん、とかそういう単語の意味がわからなかったけど、その一つ一つの説明を求める気持ちにはならなかった。きっとそういうことじゃないんだと思った。

黙って聞いていようと思った。

「だって、赤ん坊のこころはキュッとならない。こころが成長していき、人間らしさを持った時に、たとえば、この世界の中でいろいろなものとふれあい、夕陽とか、好きな子とか、悲しい出来事があった時とか、別れの後とか、なにかが変わるタイミングなんかに、そのこころが動く。ひとなりの身体の中でこころが動くから、どうしようもないくらいにすべてがキュっとなる。切なくなるとそんな風に息もしにくくなるんだよ」

ぼくには難しかったけれど、太陽が西の空に落ちて、空が紫色になり、だんだん暗くなっていき、星がそこかしこで瞬《またた》きだして、木々が風で揺れて、葉っぱがその風でさわさわと音を立てたりすると、不思議なことにぼくは動けなくなって、こころを奪われてしまって、とっても切なくなるのだった。

その時の空の色をはっきりと記憶している。

赤ん坊の時の記憶は曖昧《あいまい》だったけれど、その時の空の無限の広さ、そこに飲み込まれるような広大さに圧倒されながら、赤い夕陽が宇宙と混ざり合っていき、星が瞬きだし、この世界が宇宙と一緒になる瞬間、ぼくのこころはキュっとなって動けなくなるのだった。

母さんがぼくの肩を優しく抱きしめてくれた。

「さあ、おうちに帰りましょう」

あれが、ぼくのこころが生まれた瞬間だったのかもしれない。

ぼくは能天気な子供らしい子供だったけれど、それ以降、時々、ぼくはなにか得体の知れない存在に呼ばれるようになって、また、動けなくなった。

そこには沈む太陽や、紅葉した街路樹や、風でささめく草原や、斜めに過《よぎ》っていく光りや、広大な宇宙や、夜空に瞬く数えきれない星々があった。

そういう時、ぼくは少し世界が怖くなって、母さんの横に避難した。

母さんがいることでぼくは安心を覚えた。

つまり、切ないの反対がそこにはあった。

弟と場所を奪い合うように母さんの傍にくっついて離れなくなるのだった。

あらゆることが未知で謎であった。

でも、その先になにがあるのかを想像するのが好きだったし、その先を恐れてもいた。

その先に憧《あこが》れもあったし、その先に広がるものがぼくを切なくさせているのだ、と思った。

母さんという陸地があり、そこから先には無限の海原《うなばら》があった。

「ママ、世界ってなに？」

「ああ、世界のことが知りたいの？」

「だって、ママがよくつかうじゃない、世界ってことば」

「そうね、世界っていうのはね……」

「うん」

ぼくは前のめりになって耳を傾けた。弟がまねをした。なにもわかっていないくせに、とぼくは思った。

「お前がまだ知らないものぜんぶを世界というのだよ」

ぼくは驚いて母さんの顔を覗《のぞ》き込んだ。

「自分を除くすべてのものが世界だ」

ぼくは想像をしたが、すぐには理解できなかった。

「この星の上の人間社会のぜんぶだ。もっと言えば、自分をとりかこむあらゆることを世界と言うんだ」

母さんの目が怖かった。

「だから、世界のことをみんな知りたくなる。世界がどうなっているのか知りたいから、みんな知らないところへ行きたいと思うようになるでしょ?」

「じゃあ、角を曲がったパン屋さんの向こう側とかが世界なの? 墓地の向こうとか、貯水池の先とか」

「ええ、それも世界」

ぼくは首を傾げた。知らないものがどれくらいあるのか、そのことをまだ知らないということにぼくは気が付いて、びっくりしてしまった。

それくらいこの世界は大きいのだと思った。

大人になった今現在のぼくは残念ながらもう世界のほとんどのことを知ってしまった。知らないこともいっぱいあるけれど、だいたいこういうものだと理解できている。そういう意味で、ぼくはもう生きることにほぼ慣れてしまったということができる。生きるということはだいたいが、面倒くさいものであり、予測がつかないものであり、それでいて、なんとかなるものでもあった。

でも、その時の3歳か4歳の頃のぼくにとって、世界は極めてミステリーな集合体だった。

世界は想像を絶するほどに広大だった。

それは怖かったし、関心があった。

世界をもっと知りたいとぼくは思った。

そう思わせたのは紛《まぎ》れもなく母さんであった。

そして、ぼくはその時から冒険を開始した。この世界を知るための大冒険である。

その冒険はいまだ続いており、そして、ぼくはこれまでに数えきれないほどの、大中小、様々な世界を発見することができた。

そのはじまりがあの日野市に沈む夕陽であり、日野市の夜空に輝く星たちであった。

ひとなり、死ぬまで生きなさい。
ゆっくりと焦《あせ》らずに。

スーパーウーマンの涙

母さんはどんな人だったのだろう。

若い頃、母さんは田舎の郵便局のポスターに写真が使われたことがあるようで、父さんだけじゃなく、母さんが生まれた島の男子たちの憧れの的、これは母さん曰《いわ》くなのでちょっと眉唾《まゆつば》な話だけれど、いわば、田舎のマドンナ的な存在だったらしい。

他に好きな人がいたというのに父さんが結納金《ゆいのうきん》を握《にぎ》りしめて強引にやってきて半《なか》ば略奪《りゃくだつ》するような感じで結婚させられたのだとか……（※あくまでも母さんの言い分であり、父さんに確認できたわけじゃない）。

父さんはと言うと、ずんぐりとした体形で、とてもハンサムとは言えないごつごつした顔立ちだった。

「ね〜、ママはどうしてパパと結婚したの？　パパは子熊みたいなのに」

と弟が訊くので、ぼくは笑いを堪《こら》えるのに必死であった。

「それに、パパは頭のてっぺんに毛が無いし」

ぼくはついに噴き出してしまった。

「しょうがなかったのよ。突然やってきて、親同士で決めてしまったんだから」

ぼくは驚いた。そんなことがあり得るのか、と。

親同士で人の人生が決められる世の中にぼくらは生きているのか、と思ってしまった。

「それでよかったの？　郵便局のマドンナだったんでしょ？」

ぼくは二人の話に割り込んだ。

母さんはため息をこぼし、肩を竦《すく》めてみせた。

「なりゆきというのが人生にはあるのよ」

「なりゆき？」

「そのことはまた今度」

母さんは話をはぐらかしてしまった。

なりゆきという言葉が頭の片隅に残ってしまう。

母さんは本当に田舎のマドンナのような存在だったんだよ、と教えてくれたのは親戚のおじさんであった。

子供の頃から池坊《いけのぼう》でお花を習い、その腕前も大人をうならせるほどだったとか。

それだけじゃない。母さんは弁が立った。

おじさん曰く、

「恭子《きょうこ》はね、昔から、言葉が立った。あの子を論破できる男はいなかった」

論破の意味がその頃はわからなかったけれど、ロンパという響きから想像し、相当なことに違いないとぼくらは思っていた。

「恭子は高校生の頃に、名古屋で開かれた全国弁論大会に福岡県代表として出場しているんだ」

中学の修学旅行直後の報告会で喋《しゃべ》らされたのがきっかけだったのだとか。

本人は普通に報告をしていただけだったが、その言葉の一つ一つに説得力があり、当時の担任がそれを校長先生に報告した。

当時、中学や高校には、だいたいどこにでも弁論部があったらしい。

そこは利発な子たちの発表の場だった。

「私はこう思います。人間とは……」

みたいな感じで、子供たちがハキハキと持論を展開する場所だった。

母さんは中学生ですでに子供弁士のような存在だったという。

講堂に集まった全校生徒を前に壇の上に登って、マイクの前で原稿用紙を開き、大きな声で弁論をしたのである。

弁論部に所属し、校長先生のお墨付きをもらい、九州大会に出場し、まず3位に輝いた。

田舎のマドンナで九州大会3位なのだから、学校もほっとかない。

母さんはあちこちの集会、青少年財団だとか、子供勉強会だとか、新聞社主催の講演会、他校との弁論試合だとかに招かれ、スピーチをし続けた。

母さんが壇上に上がると、若い男子生徒たちがざわついたのだと、先のおじさんがニヤニヤ笑いながら回想した。

郵便局のポスターになり、弁論部で九州大会3位なのだから、ざわざわするのも当然である。

高校に上がると、学校側からの勧めもあり弁論部に所属し全国大会を目指すようになる。

「母さんはなんについてそこで喋ったの？」

のちに聞いたことがあったが、母さんは、忘れた、と話をしたがらない。

「たしか、強く生きよう、とか、希望をなくすな、とかそういう重たいテーマだったと思うよ」

父さんがぼくにこっそりと教えてくれた。

戦後すぐの、昭和24、25年とか、そういう時代だったし、母さんは苦しむ日本を代表するような勢いで壇上に登っていた。敗戦で苦しむ人々に希望を与えようと、前向きに強く語っていたらしい。

「内容もよかったと思うけど、あの気迫だったと思う。母さんには人のこころを鷲摑《わしづか》みにする迫力と強い説得力があったんだ」

父さんは他校、福岡県立三潴《みずま》高等学校の生徒だったけれど、母さんのうわさを耳にし、地元の弁論大会を見に行ったことがあったのだ。

父さんが母さんに一目ぼれしたのは、その時だったのかもしれない。

「それはカッコよかったよ。自分の意見をここまで言える女の子なんか見たことがなかった。戦争が終わったばかりの時代だったし、みんな打ちひしがれていた時に、人間は強いこころをもって生きなければならないって、小さな女の子が大きな声で力説していたんだからね」

だからなのか、と思ったことがあった。

母さんと父さんは滅多に喧嘩《けんか》をしなかったが、口喧嘩なら圧倒的に母さんが上だった。

父さんはもともと口数の少ない男だった。

人前でなにか喋らせるならば圧倒的に母さんの方が優勢であった。

いつのことだったか忘れたが、悪い人がいて、みんなに迷惑をかけていた。

借金をしたり、人をだましたり、挙句の果ては誰かに暴力をふるったり。いわく付きのチンピラで詐欺師であった。

その人を説教する、改心させなきゃ、と父さんが立ち向かった。

でも、口下手な父さんはその男に言いくるめられてしまった。そこで横にいた母さんが前に出て、

「あんたね、人間のこころはないのか、多くの人があんたの行動で苦しんでいるのがわからないのか、自分に非があるとなぜ認められないのだ、人間としてのこころはないのか」

と糾弾をしたのだとか。

母さんの妹が、

「恭子姉さんの迫力にあの人はタジタジだったよ。その時、周りにいたみんながスカっとしたんだ、ほんとにかっこよかった」

と目を輝かせて誇らしく語った。

母さんは怖い者知らずの小さな、でも、強い九州の女であった。

ぼくは幼い頃、悩める若いおじさん（大学生だったと思う）が母さんに説得されていたのを目撃したことがある。

「あんたの考えは甘過ぎる。生きるということは、死ぬということだ。死ぬことを疎《おろそ》かに考えているかぎり、君はちゃんと生きることができない。死にたい死にたいと騒ぐのは君がちゃんと生と向き合っていないからだ。生きることを疎かにしているからだ。なめているからだ。そういう人間が死を安易に口にするのはけしからん」

父さんはそういう母さんにほれたのである。

全校生徒を前に力強く語っている母さんを見て一目ぼれしたのである。

弁士である母さんは見初《みそ》められ、二人は結婚することになった。

でも、それで母さんはよかったのだろうか？

略奪結婚は言い過ぎにしても、父さんが一方的に母さんを求めたのだとして、弁論大会の全国大会に出場する女が、そんな結婚をなぜすんなり認めたというのか、ぼくにはわからない。

「なんでパパだったの？」

ぼくが訊ねると、母さんは恥ずかしがりながら、

「ママには他に好きな人がいたんだけどね」

と告白した。

ええええ、とぼくとつねひさはひっくり返りそうになった。

「じゃあ、なんで？」

「でも、そういう時代だったの。ぼくと結婚するんです、と最初に言った男の人が一番だったのよ。そういう時代だった。そして、私の前にやってきて、ぼくと結婚するんだ、君は、とはっきりと宣言したのは後にも先にも父さんだけだった。言ったもの勝ちだった。そういう田舎だったのよ」

という言い方ではぐらかされてしまった。

こんな言い方をしているけれど、きっと母さんはそういう父さんのことが好きだったのじゃないか、と想像する。

略奪でもされないとこういう強い女は逆に満足できなかったのかもしれない。

いや、きっとそうだ。

すくなくともその結果、ぼくが生まれることになった。

ぼくはそう信じたい。

母さんの父、今村豊《いまむらゆたか》は発明家で、戦時中は鉄砲の開発をしており、鉄砲屋豊と呼ばれ、地元では名士であった。

父さんの方は地主の家系だった。

今村豊は戦後仏教に帰依《きえ》し、海苔《のり》の巻き上げ機、乾燥機などの開発に携わった。

祖父のことは拙著《せっちょ》『白仏』に譲るとして、祖父が一代で築き上げた今村製鉄所は中九州一円で成功をおさめ、その大規模な工場群、巨大なクレーンなどの近代的な設備、物凄《ものすご》い数の従業員、そこで陣頭指揮をする勇ましい祖父の姿は今も脳裏から離れることはない(現在もまだ今村製鉄所の名前は存在するが、祖父の死後、兄弟たちの経営はうまくいかず、当時の面影は残っていない)。

祖父はモノづくりの天才だった。

母曰く、戦後まもなくおじいちゃんはトラクターの元になる自動三輪の耕運機を開発し、畑で乗り回していたのよ、ということだった。

海苔は昔、手摘《てづ》みだった。おじいちゃんは巻き上げ機を開発し、有明海の海苔は手摘みから機械による巻き上げへと新しい時代へ移りかわっていく。

その後、今村製鉄所はバカでかい海苔の乾燥機を開発した。

収穫した海苔をベルトコンベアーに載せると、四角い板海苔が出てくるという、中型トラック並みの、小さなぼくが見上げても全貌がつかめないほどに大がかりな機械であった。

その血を継いでいるからか、母さんにはいろいろな才能があった。

ぼくは子供ながらにこの人はただものじゃない、と思っていたが、同時に、その才能は父さんには煙たかった。

とくに弁士だったこともあり、声も大きく、説得力があり、はっきりと意見を言ったし、その一つ一つがツボを押さえていたので、祖父以外、母さんに敵《かな》う男などいなかった。

言い合いになると母さんが圧倒した。でも、母さんのいいところは父さんを追い込まないところにあった。

「ひとなり。人間は他人に対する尊敬の念が一番上にある。どんなに自分の方が弁が立っても、相手を追い込んではならない。どんなに自分が正しくても仲間を理で封じ込めてはならない。それはしょせん、言葉に過ぎない。大事なことはお互いを尊敬しあうことだ。言葉で勝つのではなく、こころで和解しなさい」

これ以上は言わない方がいいというところで、見事に黙り、その後は父さんに一方的に叱《しか》られてみせたが、弟もぼくも母さんの理《ことわり》の方が上であることを十分にわかっていた。

もし、母さんが政治家になっていたら、とよく想像をした。

実際、祖父も叔父も地元の市会議員などをやっていたので、母さんの家系は口が達者なのかもしれない。


ともかく、頭が良くて可愛い母さんを父さんは溺愛《できあい》した。

略奪するほどに愛した母さんを父さんは家から出さないようになる。

新婚生活をはじめた当初は、母さんが頼み込んで草月流《そうげつ》の教室に通いお花を習わせてもらっていたようだが、しかし、次第に母さんの外出は制限されるようになる。

「東京は田舎者の君が歩き回るには危険過ぎる。へんな虫がついちゃ困る。だから、家から出ないように。出ても、この団地の近所とか、八王子の駅前くらいまでにしてほしい。新宿や渋谷とか、銀座なんてとんでもない。あそこにいるようなハイカラを気取った男たちはみんなゴロツキだ。アメリカかぶれのゴロツキに過ぎない」

父さんを擁護《ようご》するわけじゃないけれど、それくらい愛していたということなのだ。

ぼくは当時銀座で遊んでいた男たちがゴロツキだとは思わない。アメリカも好きだ。

でも、父さんにはそう見えた。田舎者だったからに過ぎない。

「外の世界は怖い。おかしなことを言ってくる連中ばかりだ。それが世界というものだから。いいか、鍵をかけて、ぼくが帰ってくるまで外に出ないように」

このようなことを父さんは母さんに命じたのである。

戦後すぐのこと。今の時代からは考えられないくらいのパワハラだけど、自分の父の生《き》真面目《まじめ》さを知っているから、そういう愛し方もあったのだろうな、とぼくは擁護する。時代が、そういうことをさせていたということもできる。

親戚の証言もある。

「お前の父さんはずっと恭子さん一筋なんだよ。毎晩毎晩、会社から帰ってくるのが楽しみで、それはとってもかわいがっていた。だから、家に閉じ込めちゃったのさ」

母さんは父さんにそこまで愛されたのだが、残念なことに、母さんが父さんをそこまで愛していたのかどうかは疑わしい。

どこかで、自分は略奪されたと本気で思い込んでいる節があった。

しかし、実際の二人は仲睦まじい夫婦にしか見えなかった。

二人はいつも一緒だったし、時代が時代だから手を繋《つな》いで歩くことはなかったけれど、車の助手席には母さん以外の女性が乗ったのを見たことがなかった。

世界にはいろいろな愛がある。ぼくの両親のような愛は見方によればまだいい方じゃないか、と思う。

父さんが浮気をしてあちこちに女を作ったという話でもないし、宝物のように扱われ、狭いけれど、宝石箱のような家に鍵をかけて泥棒に盗まれないようにされるくらい、好かれたということに過ぎない。

「お前がまだ知らないものぜんぶを世界と言うのだよ」

この母さんの言葉はつまり、自分に言い聞かせたい言葉だったかもしれない。

ぼくと弟のあいだでは「あの二人はあの二人にしかわからない愛を貫き通した」ということになっている。

父さんは母さんを家の中に閉じ込め、(いい意味で)独り占めした。

母さんはその鳥かごの中から飛び出せない小鳥であったし、文句は言いながらも、その鳥であることを、どこかで喜んでいたのかもしれない(喜んでいてくれたのだとしたらいいなぁ、とぼくはのちに思うようになった）。

「そんなこと、あるもんですか、私はずっと不満でしたよ。あんな人！」

と84歳の母さんが激怒しそうなので、この話はここまで。


幽閉された母さんが外の世界と接触するためには、まず団地の人たちと仲良くなり、団地の主婦の方々を通して、東京やその当時の日本のことを知るしかなかった。

草月流の教室にお花を習いに出ていた一時期が、そこまでの風景が、母さんが見た東京のすべてであったし、その教室がどこにあったのかはわからないけれど、その周辺にあったレストランや喫茶店や店舗が地方から出てきた母さんにとっては文明だったのであろう。

数少ない情報を様々な方法でかき集めて、母さんは母さんなりの世界を頭の中に構築した。

そして、母さんが手始めにやったことは、外の世界で食べられている料理をあらゆる方法で研究し、自宅で再現することだった。

映画やテレビドラマなどで見た海外の料理をメモし、あるいはお花を習いに行った時に飛び込みで入った洋食屋だとかカフェなどで見知った食べ物を細かく記録し、分析し、当時はネットがないから、本屋や図書館で専門書を立ち読みし、真似《まね》た、としか考えられない。

あるいは、ＮＨＫの料理教室などの番組を熱心に見て、その創作と研究範囲を広げたのであろう。

もしくは、料理が得意な知り合いがお花の教室にいた、とか……。

そういえば一人、ハイカラな知り合いがいて、その方は都内中心地のお屋敷に住んでいて、父さんの郷里の大先輩だったと思うが、そこの奥さんが母さんを可愛がっていたように思う。

あるいは、想像でしかないが、母さんはその郷里のマダムから当時日本では珍しい欧風料理などを習っていた可能性もある。

今の時代であればクックパッドで見ればすぐに誰でも料理ができるのだけれど、当時はそんなものがないうえに、家から出られないので、どちらにしても、あらゆる手段を駆使して、西洋料理を自宅で再現しようとしたその心意気には頭が下がる。

もともと、子供の頃から和食の手ほどきは祖母から受けていたようだし、センスはあったのかもしれない。

九州にいた頃から花嫁修業と称して、料理を勉強していた。

ともかく、母さんは日野市にいた時代、あらゆる手を使って、料理の才能を開花させることに成功する。


ぼくが子供だった時代（今から半世紀も前のことになるが）、まだ洋食というものが日本で一般的じゃなかったあの時代に、母さんはぼくら兄弟のために毎晩、ハンバーグだとか、シチューだとか、カルボナーラや魚の欧風グリル焼きなどを拵えてくれた。

ぼくらは当然のこととして毎晩そういう美味《おい》しいものを頬張っていたのだが、あれから半世紀以上経った今、しかも幽閉の身で、どうやってその方法をマスターしたのか、という点に関しては謎である。

実際やるとなると相当に大変だっただろう、と想像し、やはり嘆息しか出ない。

母さんが作るハンバーグは肉汁もデミグラスソースも濃厚で、ナイフとフォークでカットした瞬間に、部屋中に美味《うま》そうな香りが溢《あふ》れる豪華な一品であった。

本当に非の打ちどころのない天才的な美味しさだったのだ。

幼い頃、ぼくは小太りだったが、それは母さんの料理の腕前のせいでもあった。

団地の子供たちにこと細かに話をしても、赤いピラフを薄焼き卵で包んだケチャップ味のご飯料理、つまりオムライスのことだが、あの時代、そんな気の利いた料理のことを、団地の子供たちに理解させることは不可能であった。

「それはオムライスっていうんだ。楕円形《だえんけい》で、黄色と赤のカラフルな食べ物で、湯気が立っている」

「なんで黄色なの？」

「それは卵の色だよ」

「なんで赤なの？」

「それはケチャップの色だ」

子供たちはみんな首を傾げながら、ふ〜ん、と唸《うな》るばかりであった。

「ちょっと甘酸っぱくて、食べながらよだれが止まらなくなる」

「へ〜」

ぼくは近所の子供たちを駐車場に集めて力説した。

「ぼくもしたことあるよ。卵かけご飯にケチャップかけたら、怒られた」

「馬鹿だなぁ。ご飯にはハムとかグリンピースとか入っていて、それをケチャップで炒《いた》めるの。フライパンで焦《こ》げるくらい炒めて、それを薄い薄い綺麗な卵焼きで包むんだよ。めっちゃ作るのが大変なんだぞ」

「どうやったら、ラグビーボールみたいになるの？」

「フライパンを両手で左右に動かしながら、こんな風に、ダンスするみたいに」

「ダンス！」

子供たちが折れるくらいに首を傾げた。

いろいろな形のオムライスが子供たちの頭の中に浮かんでいるのが見えた気がした。

でも、どれも正解じゃない。

「どうやって食べるの？」

「なんでそんなもの君のママは作るの？」

「なんでそういう形にしないといけないの？」

疑問が途切れなかったので、土曜日に子供たちをうちに招待し、母さんに一つ作ってもらうことになった。

完成したオムライスがテーブルにどんと置かれたとたん、子供たちから歓声が沸き起こった。

「すごい！！！！」

子供たちがオムライスにスプーンをさして、それを口の中に放り込んだ時の興奮する顔が忘れられない。

それは、ぼくにとっては現代日本の幕開けでもあった。

ちょうどオリンピックが行われた１９６４年のことである。

ひとなり。言い過ぎたらいけん。
しつこ過ぎたらいけん。無視し過ぎたらいけん。
深入りし過ぎたらいけん。詮索《せんさく》し過ぎたらいけん。
意地はり過ぎたらいけん。お節介し過ぎたらいけん。
なんでもし過ぎたらいけんよ。ほどほどがよか。
親しき仲にも礼儀ありやけんね。

ぼくはひとなり

一家は父親の仕事の関係で、日野市から福岡市へと引っ越すことになった。

そこは社宅で、後で知ることになるのだけど、タモリさんの家の近所であった。

「辻君、近かったね、ご近所だったね」とタモリさんはぼくが「笑っていいとも！」のゲストとして招かれた時におっしゃった。

結構、お屋敷とかのある住宅地だったが、ぼくらはお屋敷ではなく社宅だった。

「ああ、覚えてる。君、あのおしゃれな社宅にいたんだ。渡辺別荘の入り口にあったよね」

タモリさんの記憶は完璧であった。

たしかに社宅ではあったが、今時の社宅とはちょっと違っていた。

広い敷地に8家族だけが暮らす、近代的な低層の住宅であった。

父さんは中堅の保険会社に勤めていて、たぶん、社長を目指していた。

ところが残念ながら、父さんは社長さんにはなれず、晩年、窓際族になってしまう。

でも、当時の父さんは働くのが大好きで、愛社精神に溢れ、飛ぶ鳥を落とす勢いのモーレツ社員であった。

ぼくと弟は父さんをなによりも恐れ、父さんが帰ってくると子供部屋に避難し、寝たふりをした。

目を合わせると怒鳴《どな》られたし、目を合わせなくても怒鳴られた。

時々、悪さが見つかって、湯飲みのお茶をぶっかけられたこともあったし、団地や社宅の周りを、いいと言われるまで走らされたりした。

佐賀県諸富《もろどみ》町の出身で、高校生の時は柔道部のキャプテンだった。その後、中央大学へ進んでいる。

腕が太く、喧嘩の強そうな、それはそれは怖い父親だった。

母さんとは違って、父さんはリーダーではなかったし、カリスマ的魅力はなかったが、彼はつねにグループをまとめる役目を担《にな》っていた。

「パパは、つねにナンバー2なんだ。トップだけじゃ会社はなりたたない。優秀な兵隊がいない軍隊は勝てない。パパはそういう立場だ。つねに全体を導く鬼軍曹のような存在を目指している」

鬼軍曹の意味はわからなかったが、その響きだけでも十分に怖いネーミングだった。

とにかく、なにもわからないぼくと弟は父さんに口答えをしたことが一度もない。口答えなどしようものなら、50メートルはぶっ飛ばされること間違いなしであった。

ぼくは仏教系の円龍幼稚園に通った。

日野市の幼稚園から福岡の幼稚園に転園することになるのだけど、転園初日は大荒れとなった。

はじめて登園した時、試練が待ち受けていたのだ。

なにせ、生まれてはじめての転園。転園生は挨拶をしないとならない。

これが怖くてしょうがなかった。

先生がぼくを子供たちの前に連れて行こうとした。お寺の本堂のような場所に園児たちが集まっていた。

ぼくに気が付いた園児たちが一斉にこちらを振り返った。

その目が怖かった。

先生は後ずさりするぼくの腕を引っ張った。

母さんは少し離れた場所から見守っている。

知らない子供たちの目が怖い。

母さんはじりじり出口の方へと後ずさりしていく。ぼくをここに置き去りにして逃げるつもりなのか。

ついにぼくは泣きじゃくってしまう。

号泣というレベルじゃなく、半狂乱の錯乱状態となった。

ぼくは幼稚園の廊下で、

「いやだ〜、いや〜〜〜、いや〜〜〜〜〜〜やだってば〜〜〜、やだよ〜〜〜〜、びえ〜〜ん」

と悲鳴をあげたのだった。

その時の恐怖が忘れられない。

半世紀以上経った今でも思い出すことができるのだから、相当に怖かったのであろう。

園児たちが集まってきて、ぼくを取り囲んだ。

先生がぼくの手を引っ張った。ぼくはその手を振り払おうと大騒ぎをする。

足で先生の身体を蹴飛《けと》ばし、床に転がり、しかもエビ反《ぞ》りになって叫び声を張り上げた。

自分がとった行動の激しさにぼくはもっと驚いてしまうのだった。

その上、ぼくを取り囲む園児たちの視線、彼らは好奇心に突き動かされて、にやにやとした顔で近づいてくる。

ぎゃ〜〜〜〜〜。

ぼくはのたうちまわって、力の限り、抵抗をした。

涙だけじゃない、よだれも、鼻水も、きっとおならだって、とにかくすべて振り絞って叫んでいた。

ぼくは寝転がり、床にごんごん頭をぶつけながら、おぼれる人のように、叫び続けるのだった。

見かねた母さんが走ってやってきて、ぼくを起こし、両肩をぎゅっと摑んで一言言った。

「ひとなり、おちつけ！」

「びやだあああ〜〜〜」

落ち着けるわけがなかった。言葉にならない抵抗を続けた。

「ひとなり、いいか、大事なことを言うから覚悟して聞くんだ」

そして、母さんはぼくを抱き寄せ、ぼくの耳元に口を近づけ、こう囁《ささや》いたのである。

「本当のこと教えてあげる。お前はママの子じゃない」

ぼくは驚き、泣くのをやめた。

へ、なんて言ったの？

母さんの目をじっと見つめている。すぐ近くに母さんの顔があった。

「ぼく、ママの子じゃないの？」

母さんは周囲を見回した。子供たちに取り囲まれていた。

みんながさらに好奇な目でぼくと母さんを見ていた。

「ママの子だよ。でも、そう言わないとお前は泣きやまないから」

と言った。

たしかに、ぼくは泣きやんでいた。

母さんの横にいる女の子がクスっと笑った。それが全員に伝わった。

ぼくは情けない顔で、なんなの、と言うのが精いっぱいであった。

みんな笑い出した。

「ひとなり、お前はママの子だから、安心をしなさい。でも、ママの子はこんなことでは泣かないよ。冒険の途中でいちいち泣いてちゃダメだよ」

ぼくを取り囲む園児たちが笑いやんで、母さんを見つめた。

母さんが続けて言った。

「見てごらん、みんなハナタレ小僧だろ？　この子もハナ垂れてるぞ」

目の前の小さな子は洟《はな》を垂らしていた。なんだか、おかしかった。

「お前は泣き虫だ。ハナタレ小僧たちに笑われる泣き虫」

「泣き虫じゃない」

母さんは近づいてきた男の子の洟をティッシュでぎゅっと拭いてあげたのだ。そして、別のティッシュで今度はぼくの涙と洟を拭《ぬぐ》った。

「ほら、これでお友達だ。よろしくね、みんな、この子はひとなりです」

その中にいた利発そうな子が、「ハナタレ小僧、大歓迎。みんなで仲良くしよう」と提案した。

なぜか、ぼくは次の瞬間、その場に溶け込んでいた。

母さんが立ち上がり、仲良くしましょう、と言った。

冒険をしているんだ、とぼくは思った。世界に出たんだ、と思った。


なぜかその幼稚園には女の子が多く、ぼくは彼女らに可愛がられた。

生意気で、自意識過剰で、ませていたので、第一次のモテ期の到来となった。

女の子たちに囲まれて遊んでいると、迎えにきた母さんが、

「ひとなり、女の子とばっかり遊んじゃだめだよ。男の子たちと校庭を走り回りなさい」

と注意した。

なんで、とぼくは反抗してしまう。

「だって、おままごとをする男の子っておかしくないか？　そんなんじゃ、将来、お弁当

とか作るのが好きなお父さんになってしまう」

これは母さんにしては珍しく差別的な発言であった。けれども、半世紀以上も前の日本なのだから、仕方がない。お弁当を作るお父さんは皆無だった。

「いいじゃん。男がお弁当作ってなにが悪いの？」

ぼくがお弁当作家になったのは、ここが原点だったのかもしれない。

たしかに母が心配するように、ぼくは女の子たちに囲まれていると安心できたし、男子よりもだんぜん女の子と気が合った。

ままごとと言えばそうかもしれないが、同世代の女の子はませていて面白かった。同時に、男の子たちはただ走り回っているだけでぼくからするとかなり幼稚な人間に見えた。

「ひとなり。女の子の中で遊んじゃいけないとは言わないけど、男の子たちとも遊んでごらんよ。バランス良く。何事もバランスが大事なんだよ」

まとも過ぎる、母さんらしからぬ意見ではあったが、その言葉には思い当たることもあった。男子とか女子という性別の線引きじゃなく、いろいろな人と出会いなさい、と母さんは言いたかったのである。

それが人生というものだ、と。

それでぼくは男の子たちとも遊ぶようになる。

おままごとも好きだったが、石を投げあう野蛮な戦争ごっこにもハマっていく。

ぼくが戦争ごっこから学んだことがその後、大きな問題を母さんに投げつけることになるとは……。

ひとなり。出る杭《くい》は打たれる。出過ぎた杭は抜かれったい。
でも出ない杭は誰にも気づかれんばい。
だけん出過ぎて叩《たた》かれてもっと強くなればよかと。
いっそ引き抜かれたら、旅する杭になればよかったい。
抜かれた場所にこだわらんでよか。悔いのない杭であれ。

母さん、水を得る

中九州のド田舎から東京という大都会に略奪結婚で連れていかれた母さんだったが、その数年間は二度の出産もあり、慣れない東京で大変の連続であった。

その上、家から出ることを許されなかったし、父はハンサムでもなんでもなかった。ただ、母を愛し過ぎた一人の男に過ぎなかった。

けれども、福岡に移って、そこが彼女の故郷、大川市《おおかわし》に近いということもあって、当然のこと南国だし、母さんは多少気分が明るくなったのである。

彼女の料理の腕はどんどん上がっていたし、苦しくなればいつでも実家に戻ることができる距離でもあった。

社宅は団地とは違い、広々としており、車は駐められたし、広い庭がついていたし、屋上もあり、住宅地の真ん中なのに道を挟んで個人が所有する山が聳えていた。

社宅といっても8世帯しか入居家族はおらず、しかも当然なことだが社宅なので、男たちはみんな父さんと同じ保険会社に勤務していた。

とくに一番仲が良くなったのはお隣の猪狩《いかり》さん一家であった。

猪狩さんの家もご主人、奥さん、長男、長女で、家族構成や年齢がだいたい辻家と一緒であった。

ただ、猪狩さんご夫妻は都会の出身で、比較にならないほどにハイカラだった。

けれども、猪狩さんの奥さんが母さんのことをとっても慕ってくれた。

二人はしょっちゅう一緒に行動するようになる。いつもうちにいたので、まるで親戚の人のようでもあった。

猪狩のおばちゃんにぼくは怒られたこともある。はじめて血のつながってない人に怒られたので、逆にぼくはその人を信じることができた。

猪狩さんと母さんはいまだにお付き合いがある。というのか、ずっと親友なのだ。なんと半世紀以上もの長い付き合いということになる。

猪狩さんは出会ってから15年ほど後のことだけれど、大阪のNHKでお料理の先生をやるようになった。テレビ番組で料理を教えていた。

ぼくはよく知っている。料理好きだったからこそ、母さんと猪狩さんは気が合った。

ぼくの家のキッチンに猪狩さんは入り浸《びた》るようになり、二人は料理の研究をはじめた。

同時に、お互いの友情を深めていくことになった。

けれども、猪狩家はご夫婦ともに都会の出身、二人とも青山学院大学の出身だった。

ぼくの父親は中央大学だったけれど、あか抜けない感じは一目瞭然で、猪狩のおじさんはまるで映画俳優並みのルックス、おばさんもおしゃれでどこかフランス女優っぽい印象があった。

うちの母さんは可愛い人だったけれど、この二人のセンスの良さには到底届かなかった。

同時に、母さんがハイカラ好きになっていくのも猪狩のおばさんの影響が大きかったし、ぼくも間違いなく猪狩家からモダンな空気を教わることになった。

猪狩さんの家の家具やその配置はおしゃれだった。

忘れもしない、遊びに行った時、同じ造りの社宅なのに、一歩中に入ると別世界が広がっていたので驚いた記憶がある。

そこはまるで一流ホテルのようだった。

センスが違うだけで、こうも暮らしが違うのだと気づかされたはじめての経験となった。

モダンな絨毯《じゅうたん》が敷かれ（うちは畳だった）、家具も北欧だかどこかのとにかくシンプルだけど高級そうな家具だったし（うちは箪笥《たんす》だった）、ご夫婦で使うのだろう、おそろいのワイングラス（うちはおそろいのぐい呑みであった）がサイドボードの中に飾られていた。

猪狩のおじさん専用のデスクは木目が綺麗で、万年筆が置いてあった。

うちにはデスクはなくちゃぶ台だった。猪狩さんの家にはチェストや洋箪笥があったが、うちは押し入れしかなかった。

猪狩さんの長男君の机の上には科学や歴史の本がずらりと並んでいた。ぼくには机はなく、布団の横の本棚に漫画本がずらりと並んでいた。

ぼくを一番驚かせたのはキッチンだった。

同じ大きさのキッチンなのに、冷蔵庫も食器棚も白で統一され、システムキッチンなどまだない時代だったが、猪狩さんところのキッチンは洗練されており、洋画の中に出てくる異国のキッチンのようであった。

とりわけ愕然《がくぜん》としたのは食器棚の引き出しの中に入っていたカトラリーだった。そして、棚の中の食器だった。

すべてのお皿とナイフやフォークが統一されていたのだ。

あんなにたくさんの銀食器は見たこともなかった。うわ、ハイカラ〜、と思った。

うちのキッチンの引き出しには割りばしとかレンゲがたくさん入っていた。

けれども母さんは負けてはいなかった。むしろあのハイカラな猪狩さんをどんどん魅了していくのだった。

たぶん、それは言葉の力と強い決断力のせいだったと思う。

猪狩さんはとにかく母さんのことを面白がっていた。

たぶん、ああいう闊達《かったつ》で野性的な女性がまだ日本に少なかったからかもしれない。

好奇心旺盛な猪狩さんは母さんの話を、ふんふん、ふんふん、といつも大きく相槌《あいづち》を打ちながら聞いていた。

それは半世紀以上続いている。

2年ほど前に福岡の実家で猪狩さんに会った。

猪狩さんも母さんに負けないくらい年齢を重ねていたが、いまだに矍鑠《かくしゃく》とされていた。

その猪狩さんは大阪から毎年福岡まで遊びにきてくださる。母さんに会いに。

ぼくの実家に1年に一度必ず立ち寄ることをなによりの楽しみにされているのだった。

当時から猪狩さんが母さんを尊敬してくださっているのがぼくにもよくわかった。

こんな風に、当時、我が家のキッチンには毎日のように社宅の奥様たちがやってきて、母さんを中心に料理教室のようなことが開催されていた。

もちろん、母さんはハンバーグやシチューの作り方を教えていったが、猪狩のおばさんのようなハイカラな大学出の主婦たちを相手に、よくもまあ、あそこまで図々しく料理を教えることができたものだ、と感心する。

そこに集まった奥さんたちは、母さんから料理を習っているだけではなかった。

母さんは料理をしながら、そこに人生の哲学をスパイスとして混ぜ込んでいたのである。

誰かが悩みを持ってくると母さんは煮込み料理の火加減なんかを見ながら、それを人生になぞらえてみせた。

「高温で熱したグリルパンで肉を一気に焼くわけだけど、焼いた直後の肉というのはぎゅっと凝固するの。だからすぐに食べちゃダメ。アルミホイルに包んで、5分とか10分、休ませるのがいいのよ。人間も一緒です。恋は焦がす手前まで火を入れたら、愛で包んで少し休ませてください。そうすると熱した想いも軟らかくなるの。人間も一緒。熱した恋心はまだ硬いから、急がないでちょっと休ませつつがいいのよ。恋は焦らずってていうでしょ、あれです」

母さんは主婦の人たちに、ただ料理を教えるということだけじゃなく、そこに女として、人間として生きるためのすべてがあることをアドバイスしたのである。

「いいですか、塩加減と言いますけどね、人生と一緒で、入れ過ぎてもいけないし、入れないとアタックが弱くなるので、どこで入れるのか、どのくらい加えるのか、ということが大事なの。火加減と言いますけどね、どこで火を強くするのか、弱くするのか、というのは人間関係と一緒なんです。だから、食材にはすべてに加減というものがあるのよ。その加減をマスターすることが、和食であろうと洋食であろうと人生であろうと大事なんです」

母さんは料理のコツや技を人生の教訓と重ねて教えていた。

熱の入れ方、冷まし方、スパイスの加え方、塩加減、そういうことすべてが人間の生活とリンクしているのだ、と伝えていたのである。

母さんよりも、大学出の奥様たちの方が圧倒的に和洋問わず高級な料理を食べていたはずなのに、みんな母さんの料理の仕方を聞いて、なぜか、唸っていた。

母さんが語ったのは料理を通しての、いわば人生の手ほどきだったからである。

母さんはポタージュやポトフやコンソメのスープもよく作った。

実際、母さんのスープは主婦仲間を驚かせた。

とくに彼女がフレンチの料理法を習得していなくてもそれらしく教えられたのは、子供の頃から家族の料理を忙しい自分の母親に代わって作っていたからである。

また、あらゆる食材に慣れ親しんでいたからであり、彼女の祖母が和料理の基礎を幼い頃からきちんと母さんに教えていたからであった。

母さんは大家族で育ち、長女として食卓のすべてのことを実践で学んでいた。

料理というものの基本の基本は実は西洋も日本もそんなに変わらないとぼくは思っている。

塩があり、胡椒などのスパイスがあり、全世界共通で唐辛子があり、ニンニクや生姜があり、どの国の料理もダシを取るし、煮物も炒め物も蒸し物もだいたいどこにでも存在する。なぜなら、世界のどこでも、主な食材とするのは肉や野菜などだからである。

だから、母さんはポタージュを一度食べたら、ポタージュのイメージを頭の中に結ぶことができたし、本やテレビを通して独自の方法で勉強し、オリジナルのポタージュを作ることも難しくなかったし、実はそれこそが本場のポタージュそのものだったりしたのだ。

これはのちにぼくがフランスで暮らしだした時にわかることだったが、母さんが独学で作っていた西洋料理はほぼ同じレシピがフランスに存在していた。

母さんが作るのは実に丁寧《ていねい》に丁寧に肉や野菜と向き合ったポトフで、ぼくはフランスに渡ってからも母さんが作ったポトフ以上のポトフと出会ったことがない。

だから、ハイカラな社宅の奥さんたちはレストランよりも美味しいと母さんのところに集まってきたのであろう。

ポトフは前の晩に肉と一部の野菜でベースのスープを作った。

翌朝に鍋に浮いた脂をキレイに取り去って、別の鍋で一度残りの野菜を湯引きしてから、もとのスープに戻すという手の込みようであった。

そういう方法を彼女は習ったわけではなかった。

同じようにして作る和食からヒントを得ている。

さらには、美味しいものを作るのに時間を惜しまなかった。

「料理は時間なんです。美味しいものを食べたいならば、それだけの時間をかけて作りましょう。鍋を火にかける、と言いますけど、何段階も火加減を調節して、一晩じっくりと付き合ったスープに勝るものはないのです」

母さんが作ったポトフは、澄み渡っているのに口の中で複雑で優しくて深みのある味わいを届けてくる。

たかだかスープだったが、それは肉料理や魚料理に負けない広がりを持った食べ物でもあった。

「人生と一緒です。人間と一緒。手抜きをしたらいけません」

母さんの料理の腕前はあっという間に社宅中の主婦たちのこころと舌を摑んでいく。

そして、気が付くと我が家のキッチンは日野市の団地の時よりも、ひっきりなしに主婦の方々が出入りするような社交場となった。

いろいろな人たちがいろいろな貢物を持ってやってきた。

「先生、ブーケガルニが手に入りました。これでなにか美味しいスープをお願いします」

「先生、美味しいオリーブオイルが届きました。これでパスタをお願いします」

「先生、四川胡椒《しせんこしょう》が中国から届きました。これで美味しいマーボ豆腐をお願いします」

狭いキッチンだったが、真ん中にテーブルがドンと置かれており、それが時には料理台となり、時に食事の場となり、時には会議室の円卓となった。

女たちは夫たちが働いている時、ここに集まり、修業のように料理をして、母さんを中心に人生について話し込んで、できた料理を持って帰り、夕飯の一品とした。

それでも母さんはあまり家から外には出してもらえなかった。

外出する時は、家族総出の旅行とか帰省だけであった。

たぶん、遊びたい盛りの30歳前後だったのじゃないか、と思う。

踊りに行ったりコンサートに行ったりするわけでもない。

デパートにさえ出してはもらえなかった。

母さんはキッチンで遅れた青春を送っていた。

同時にそこは彼女のステージでもあった。

母さんはその小さなステージから自力で自分を発信し続けることになる。

そこが世界への出口であり、入り口でもあった。

母さんはそこからまだ見ぬ世界へと踏み出そうとしていた。

でも、遊びに行かせてはもらえなかったし、もしかしたらそういう遊びには興味がなかったのかもしれない。

ろくな家具はなかったが、ぼくの家にはいつも美しい花が生けられていた。

まるで絵画のような大きな生け花が玄関をいつも占拠していて、来客者たちにため息をつかせた。

その花が母さんのこころのように見えたことがある。

外では咲かせることのできない華やかな美意識を母さんはうちの中で表現していた。

母さんは手が器用だった。

花嫁修業しかすることのなかった時代、母さんはその逆境の中で、その与えられた道具を最大限利用して、自分の発信の場所を作っていた。

ぼくが生まれてはじめて羽織ったブレザーは、母さんの100パーセント手作りであった。

その後、中学、高校とぼくたち兄弟は名前の頭文字のエンブレムが入った母さんお手製のブレザーを着続けることになる。

ひとなり。図に乗るな、調子には乗れ。
しかし、調子に乗り過ぎて人間はうぬぼれ、
その結果図に乗り失敗するったい。
調子に乗ることは仕事でも人生でも悪かことじゃなか。
波に乗ってるってこったい。
ダメなのは調子に乗り過ぎて、図に乗ること。
実るほど頭《こうべ》を垂れる稲穂かな。

ひとなり、弾《はじ》ける

そして、ぼくは小学生になった。小説『右岸』『左岸』の舞台にもなった西高宮《にしたかみや》小学校へと進んだのである。

その頃のぼくはお調子者で怖いもの知らずで、手の付けられない悪ガキだった。悪ガキというと喧嘩が強そうだが、喧嘩は決して強くなかった。

身体が小さいのに自分よりでかい連中にくってかかってはよくボコボコにされていた。でも、小学生なので、陰湿な奴はあんまりいなかった。ボコボコにされるのが、ちょっと嬉《うれ》しくもあった。

この福岡の悪ガキたちはどこかで手加減というのを知っていた。とっくみあいになっても、それ以上にはならなかったし、翌日にはみんなケロっとしていた。サバサバしていたのだ。南国だからかもしれない。

いじめのようなものはなかった。のどかで、おおらかで、健康的な小学校だった。

学校が好きで、いつもぼくは誰よりも早く登校し、一番乗りしていた。

学校に行くまでの通学路も好きだった。

ランドセルを背負って、ぼくは誰よりも早く学校へと向かった。

いつも門はまだ開いていなかった。でも、開門するのが待ち遠しかった。

そういう少年だったのだ。


そこには母さんが言う世界があった。

学校の門はぼくにとって世界へと出るための最初の門でもあった。

母さんには外出の自由が制限されていたが、ぼくには毎日自由が有り余るほどあった。

学校から帰ると、ぼくは母さんに今日の出来事を語って聞かせた。こんな子と仲良くなった、だとか、こういう転校生がきた、だとか、ぼくの好きな子について、などなど。

そうだ、この頃、ぼくはちょっとだけ博多弁を喋っていた。

母さんも社宅の主婦たちとは標準語で話していたが、スーパーや肉屋や八百屋の人たちとは方言で喋っていた。

母さんの方言は筑後地方の訛《なま》りで博多弁とは少し違っていた。

もっとブルージーな感じ。

ぼくは母さんが喋る筑後弁が好きだった。

母さんは東京でかなり無理をして標準語を喋っていたのだろう。

方言をつかう母さんはイキイキしていたし、キュートだった。

「ひとなり、よかか、世界に出たからには楽しまないけん。楽しまないと損ったい。一生は一度やけんね、思いっきり生きたらよか。死ぬのも一度、生きるのも一度やけんくさ、とことんやったらよか。後悔っちゅうのは、とことん生きた人間にはほんらい無かもんたい。とことん生きてるとな、たとえ失敗しても、それは後悔にはならんとよ。中途半端にやるから人間は後悔ばすると。だけん、よか、とことん、やってこんね。母さんが責任ばとる」

この、母さんが責任をとる、という一言が偉大で優しかった。

その後のぼくの人生を、かなりのびのびと明るいものにさせてくれた魔法の言葉でもあった。

生きるのりしろ、余白のようなものを与えられた。

でも、ぼくはその言葉を少し誤解して、勝手に解釈していたかもしれない。

なにをしてもいいんだ、という勘違いが、ぼくをいたずら小僧にしてしまうのだけど、母さんはそういうぼくの行動を決して制限することがなかった。

それはたぶん、自分が制限されて生きてきたからかもしれない。

せめて自分の息子には「あれはダメ、これはダメ」と言いたくなかったのであろう。

ぼくが今、ここパリで自分の息子に同じような方法で接するのは母さんの影響が大きい。

「ひとなり、人生は否定から入ったら、いけん。つねに肯定から入りなさい」

これは母さんの名言だと思う。

だから、彼女は怒らなかった。

だから、ぼくは自分の中の可能性を制限しなくて済んだ。

母さんは自分を犠牲にして、自分の子供に生きる道を示そうとしていたのであろう。

それをぼくは大人になってから気が付くことになる。

そして、ぼくは弾けた。思う存分生きるようになる。

早朝はクラスメイトたちとドッジボールをやり、くたくたになって授業中は爆睡し、給食の時間は人一倍食べて、満腹になって昼食後は昼寝をして、放課後、仲間たちと野原を駆け回り、広場で遊んで、日が暮れるまで粘って公園に残り、誰よりも最後にやっとぼくは家に帰るのだった。

そして、夕食後は眠くて誰よりも早く眠りにつくという健康的な毎日を送っていた。

もう彼らは覚えていないと思うが、シャーマンとクニやんという悪友がいた。

クニやんはでぶっちょで喧嘩が強かった。シャーマンは対馬《つしま》からやってきたミステリアスな転校生でちょっと粗暴だった。番長肌のクニやんさえも恐れるほどの少年。

ぼくはちびで生意気でこの二人には到底太刀《たち》打ちできなかったが、ぼくはよくこのどちらかに喧嘩を売っていた。

彼ら二人はぼくが本気でぶつかり合うことのできる友達でもあった。

あの二人は今どうしているだろう。

きっと子供の頃とは違う人生を生きていることだろう。

あの少年たちもぼくと同じ還暦になっているはずだ。

ぼくの初恋の人はナカタニエミコ（仮）さんで、とっても利発な、将来は弁護士間違いないという感じの頭の良い美人さんであった。

学級委員とかやっていて、ぼくなど足もとにも及ばない優等生であった。


「ママ、ぼくね、どうもこの辺がもやもやするったい」

「どの辺がね？」

この辺、とぼくは胸のあたりをぐるぐると指さして言った。

「ああ、それはどこぞに好きな子がおるとやろ」

「ええ〜、なんでわかるとォ？」

「だって、私はお前のママったい」

ぼくらは笑いあった。やはり見抜かれていたのか。

遠くで弟が笑っていた。ふん、お前になにがわかる。

「なんか、その子んことを考えると、この辺がざわざわするったい。その子と学校ですれ違う時に、なんでかわざと、あっかんべ〜とかやってしまうったい。本当は仲良くしたかとに。普通でおられんとよ」

「普通でおられんとが恋たい」

「恋ってか」

「恋です」

ぼくと母さんは笑い出した。

弟が微笑みながらぼくらの会話を覗き込んで聞いていた。お前になにがわかるとや、とぼくは思った。

「どげんしたらよかと？」

「うちあけたらよか」

「うちあけるって？」

「好きですって直接本人に言ってみたらよか」

「でけん！」

即座にそう言ったが、その次の瞬間、ぼくはすっかり告白するモードになっていた。

それにしても恋とは不思議なものである。

彼女に気に入ってもらわなければならないというのに、ぼくはつい、正反対のことをしてしまうのだった。

わざといたずらをして、注意されたり、わざとみんなの前でバカをやって、目立ったり。たとえば椅子を倒してまわったり、黒板のチョークを隠したり、自習時間に大声でクレージーキャッツのものまねをしたり、ついでに机の上に飛び乗って、クレージーキャッツのヒット曲「スーダラ節」を熱唱したり……。

それは昭和の大コメディアン、植木等さんが腕を振り回しながら歌う「昭和を代表するいい加減な男の応援歌」であった。

クラスメイトは爆笑して大うけだったが、ナカタニエミコさんは席を立つと、消えた。まもなく校長先生を連れて戻ってきて、ぼくは叱られてしまうのだった。

その時のナカタニエミコさんの冷たい視線がぼくを打ちのめした。

「ひとなり、それはいけんね。そもそも、お前の考え方は間違っとったい。好きな子を振り返らせたいと思うのはよか。でも、いたずらをして振り返らせたら、呆《あき》れられるに決まっとろうもん。そんなバカな子を好きになる子なん？　ナカタニさんって」

ぼくは冷静に考えて、静かに横に首を振った。

母さんの言う通りだった。彼女は冗談も通じないような優等生なのである。

その優等生の前でぼくは道化師を演じていたのだ。

想いが届くはずがなかろうもん。

「方法が間違っとったい」

「じゃあ、どうしたらいいと？」

「お前の一番の才能を見せつけるったい」

「ぼくの一番の才能ってなん？」

母さんはしばらく考えてから、ないね、と残念なぐらいはっきりと言った。

弟が覗き込んで、へらへらと笑ったので、ぼくは頭にきた。

「じゃあ、あの子のこころを掴む方法ば教えてくれんね」

母さんはしばらく考え込んだ。そして思いもよらぬことを口にしたのである。

「愛の詩を書いて、渡したらよか。彼女がうっとりとするような美しい言葉たい」

「愛の詩？」

「ああ、お前の彼女への気持ちをとっても美しい言葉で表現してくさ、提出するったい。女の子は言葉に弱いとよ。感動したいとよ。こころを動かされたいと。よかね、愛の詩を作らんね」

　ぼくは、大きな声で、それだぁ、と叫んでいた。

　でも、ぼくは手紙で渡すという方法じゃ手ぬるいと考えた。

　それで朝早くに登校して、一晩必死で考えた愛の詩を黒板いっぱい汚い字で書きなぐったのである。

　その愛の詩とはこのようなものであった。

　どうしてぼくの胸はきゅんとなるのだろう
　どうしてぼくの気持ちをだれもきづかないのだろう

どうしてぼくはこんなにもきみのことを考えてしまうのだろう
どうしてぼくはきみの前で思ってもいないことをやってしまうのだろう
どうしてぼくは自分の気持ちをきみに届けられないのだろう
どうしてぼくはいつもするつもりもないバカばっかりやってしまうのだろう
どうしてぼくはぼくいがいの人のこころがわからないのだろう
どうしてぼくはぼくという人間をこんなに正直に生きてしまうんだろう
どうしてママはぼくをみすてないのだろう
どうしてぼくはこの世界に、きみの近くに、うまれてしまったのだろう
どうしてぼくはこのなぞがとけないのだろう
どうしてぼくはみんなとちがっているのだろう
どうしてぼくはきみが考えていることがわからないのだろう
どうしてぼくはきみをすきになってしまったのだろう
どうしてぼくはこんなことをしてしまうのだろう
どうしてぼくはきみに必要とされないのだろう

どうして、どうして、この世界にはわからないことばかりがこんなにもたくさんあるというのだろう

ぼくの字はあまりにきたな過ぎた。

だれもそれが愛の詩だとはわからなかったみたいだ。

でも、ナカタニエミコさんだけがその詩の前に出て行って、しばらくのあいだ、じっと見つめていた。

そうだ、彼女はそれを読んでいた。

理解しようとしていた。

だから、しばらくのあいだ、動かなかった。

それは結構長い時間でもあった。

ぼくが書いた詩を彼女は理解しようとしてくれている、と思った。

ぼくはドキドキした。

ぼくが考えた想いが言葉を通して彼女の頭の中に降り注いでいるのだから。

それは驚くほどに素晴らしい事態であった。

繋がった、と思った。

宇宙が一つになった、とぼくは感動をしていた。

それはぼくのこころを他人にとどける最初の行為となった。

ぼくは教室の一番後ろから、ナカタニエミコさんが腕組みをしてそれを読んでいるのを瞬《まばた》きもせずに、ずっと、見続けた。

そこにぼくの恋人がいる。

ドキドキ、こころがトキメクのがわかった。

あの日のことを思い出した。そうだ、日野市の沈む夕陽のことである。

胸がきゅんとなり、ぼくのこころのせいだと気づかされた。

ぼくは恋しているのだと思った。

これは恋だ！

そして、今、ナカタニエミコさんはぼくの書いた拙《つたな》い詩を読んでいる。

きっと彼女にはわかる。彼女には届く。

クラスメイトや弟にわからないことでも、彼女には伝わるはずだった。

するど、ナカタニエミコさんは振り返り、

「いい詩ですね。誰が書いたかわかりませんが。でも、授業がはじまるのでこれは消さないといけません。学級委員として」

と宣言した。

いい詩ですね、という一言だけがこころに焼き付いた。

そりゃそうだ、君のために書いたぼくの言葉なのだから……。

その一言だけで十分だった。

想いが通じたと、ぼくは勝手に思い込んでしまうのだった。

それからナカタニエミコさんは黒板消しを摑むと、ぼくが一時間もかかって書いた詩をみんなが見ている前で一瞬にして消してしまったのである。

その消えていく言葉たちを見ながら、ぼくはなぜか噎《むせ》び泣きしてしまった。

想いが通じなかったからではない。そういうレベルの涙ではなかった。

もっと、人間の根本のところから湧き上がってくる涙だった。

悲しいというのではなく、ただ、ぼくはその言葉たちが、そのまじめな想いがこの世界から消えていくのが悲しかった。

それはぼくが文学とはじめて出会った瞬間でもあった。

ひとなり。寝る前に後悔すんな、
悔しくなって眠れんくなる。
寝る前に将来を期待し過ぎて興奮すんな、眠れんくなる。
寝る前はなんにも考えちゃいけん。空っぽにせ。
期待も後悔もいけん。
寝る前は無我の境地に浸《ひた》って明日に備えなさい。
ゆっくり眠るのが一番たい。

いたずらっ子、改心する

とにかくぼくはこんな母さんのもとに生まれ、育ったので、野放しというのか、とってもわんぱくな少年に成長してしまった。

父さんは厳しい人だったけれど、母さんは滅多に叱らなかったので、きっとぼくは大きな勘違いをして、とにかく手の付けられないいたずらっ子になってしまった。

そうだ、思いつく限りの悪いことはなんでもやった。

悪いことをするのが大好きだった。

母さんの実家（福岡県大川市大野島）の玄関にある靴、その時は法事かなんかで大勢集まっていたのだけど、ぼくは玄関だけでは収まり切れなくて、外まで溢れていた十数人分の靴を畑の藁の山の中に隠してしまった。

おばあちゃんがまだ生きていた頃のことで、父さんよりもずっと厳格な人で、ぼくはすぐにとっ捕《つか》まって、ひっぱたかれた。

バンバン、ボンボン、ひっぱたかれた。

「こら、ひとなり、なんばしよっとか!」

その時も母さんは別にぼくを怒ったりしなかった。

ちょっとやり過ぎたね、と言っただけであった。


クレヨンを誕生日にもらったので、それで子供部屋の壁一面に、たぶん、ピカソの真似をして、きっとあんなの簡単に描けるくらいの勢いで、本当にめちゃくちゃな抽象画を描きまくったことがあったけれど、頭を小さく小突かれただけで、怒られなかった(父さんが帰ってくる前にそれを必死で消そうとしている母さんの姿が目に焼き付いている。結局、それは消えなくて、次の引っ越しの時にペンキ屋さんが名画をこの世から消し去った)。

社宅の駐車場にずらりと並んだ車のマフラーの中にこっそりと石を詰めていた時も、母さんが後ろから近づいてきて、

「それはあまり愉快ないたずらじゃないね」

と言って、尻を軽く蹴られただけで終わった。

「どうして？」

「これがなぜダメかというのをきちんと知らないといけません。まず、この車はよその人のものだということ、いいえ、パパの車だとしてもダメ。ここに石を詰めると車が壊れるかもしれないし、事故の原因になるから。もっといけないのは、こんなことをしても誰も幸せにならない。みんなが不愉快になって、カンカンに怒るようなことはやっちゃいけない。ひとなりがこれから学ぶことは人に迷惑をかけないいいたずらを探すこと」

「人に迷惑をかけないいいたずらって、どんなの？」

母さんはしゃがんで、ぼくの目を穴が開くほどに睨みつけ、（その時だけはちょっと怖かった）それは自分で考えなきゃ、と冷たく言い放った。

その一言にぼくは見放されたような悲しさを覚え打ちひしがれるのだけど、つまり、ぼくは母さんをがっかりさせてしまったことを後悔したのである。

だからぼくは母さんを喜ばせるような楽しいいたずらを探すようになる。

箪笥の引き出しに入っていた母さんの下着と父さんの下着を入れ替えたり、弟の宿題をぼくが全部（でたらめに）やってしまったり、米びつの中にネズミのおもちゃを放り込んだり、父さんの好物のウイスキーを捨てて中に麦茶を仕込んだりした。

ウイスキーがそんなに高価なものだとはわからなかったから、ぼくは父さんにかなり叱られることになる。

イメージとしては１００メートルほどぶっ飛ばされた感じの激怒であった。

すると母さんがぼくの腕を摑んで、

「パパがなぜあんなに怒ったのかを考えてごらん。大好きなオレンジジュースが全部大嫌いな人参スープに入れ替えられていたら、ひとなりも怒るでしょ？」

と耳打ちした。

ぼくは想像をしてクスっと笑ってしまった。

「どうしてもいたずらをしたいなら、ユーモアのあるいたずらをしないといけないのよ。そのためにはよく考えないとダメ。相手を苦しめたり、怒らせたり、悲しくさせたりするようないたずらは絶対にやっちゃいけないの。疲れて帰ってきたパパはウイスキーを楽しみにしている。それが麦茶に代わっていたらがっかりして一日が台無しになるでしょ？

お前は愉快なの？」

「じゃあ、麦茶を全部ウイスキーにしたら？」

母さんはぼくの目を覗きこんで、クスっと笑った。ぼくも笑ったけど、母さんはすぐに険しい顔に戻ると、ダメ、と言った。

「ユーモアというのは、怖い顔をした人を笑顔にかえる魔法のことだからね」

ぼくはなんとなくわかった気持ちになった。

車のマフラーに石を詰めるとみんなが困るし、車も壊れる。そういうことをしちゃいけないのだ、ということがだんだんわかってきた。

それでもいっぺんにわかったわけじゃない。社宅の庭に人間が一人落下するくらい大きな落とし穴を作ってそれを木の枝と落ち葉で覆《おお》い、そこに弟や別の誰かをつき落とそうとした時には、後ろから母さんにパシンと思いっきり頭を叩かれてしまった。

母さんは腕組みをしてぼくを見下ろしていた。

でも、怒っていたわけじゃない。でも、笑っていたわけでもない。

じっと、穴が開くほどぼくを見ていた。

「もしも、ここに誰かが落っこちて怪我をしたら、どうするの？　その子が傷つくことをやってお前は幸せになるの？」

母さんがいつもより冷静に言ったので、ぼくはそうとうに悲しくなった。

でも、怒ってるわけじゃないわよ、と母さんは小さく付け足した。

「お前の想像力はとっても面白い。その力がいつかなにか別の方へと向かえばいいのに、と思うのよ。だから、その力を奪いたくないから、なんでもかんでも否定したくはない。ただ、これだけはもう一度考えて。誰かが傷つくような、悲しむような、怒るようないたずらはよくありません。その想像力をもっと別の方へ、別のなにかへ向けられるといいよね」

そしてぼくは少しずつだけど、喜ばれるいたずらというものを考察していくようになる。

いつもムスっとしていた父さんが喜ぶようなこととはなにか、と考えるようになった。

そして、ぼくは母さんのスカートを穿《は》いて、口紅を塗り、

「あら〜、ダーリン、おかえりなさ〜い」

と父さんを出迎えてみたのだ。でも父さんは笑わなかった。

ふりかえるとそこに母さんがいて、唇を真一文字に結び、首をかしげていた。

とにかく、母さんは辛抱強くいたずらっ子のぼくと付き合ってくれたのだった。

ぼくは当時、社宅の子供たちの中で一番年上で親分だった。

近所の子分たちを引き連れて悪さばかりしていた。

ある日、ベランダによじ登った。それは一階のベランダだったけど2歳年下の弟にはちょっと高過ぎた。

でも、ぼくは手を貸さなかった。

男なら自力で登れ、と命令をしたら、弟が手を滑《すべ》らして落下してしまったのだ。

地面にぶつかる時に、ボキっという嫌な音がした。

弟が腕を折って病院に担《かつ》ぎ込まれた時も、母さんは怒るには怒ったけど、とっても悲しそうな顔で、ぼくの目をじっと見ているだけだった。

ギプスをつけて出てきた弟を見た時、ぼくは言葉にならないほどの悲しみを覚えた（弟の腕は今でも少し曲がっている。彼は高校の時に野球部に入るのだけど、ボールを拾《ひろ》う弟の腕が付け根のところでわずかに曲がっているのを見るたび、自分のせいだと苦しくなった。

それ以上に弟は辛かったはずだが、弟もぼくに一度も文句を言ったことがない。あ、でも、最近、ぼくの息子に当時のことを面白おかしく話して、お前のパパっちゃそれほど悪だったんだぞ、と吹き込んでいる)。

病院から戻ってきた母さんの目が赤く腫れていた。

泣いた後だとわかった。

その責任はぼくにあった。

ギプスをつけた小さな弟を見ているのが辛かった。

「ひとなり、限度のないお前のいたずらが結局、大事な弟をこんなに傷つけてしまったのよ。このギプスを見て、お前はなにを思うの？　なにを思うの？　なにを思うと!?」

ぼくは本当に悲しかった。あんなに母さんに教えられてきたというのに、ぼくはそれを生かすことができなかったのだから。

「ごめんなさい」

ぼくは生まれてはじめて謝った。その時、母さんがこう教えてくれたのだ。

「ひとなり、ごめんなさい、を言う時は、こころを込めて言いなさい。ありがとうございます、を言う時も本当にありがとうと思う時だけ口にしなさい。こころの中で思っていない感謝を口にしてはいけません。それで人は喜ばない」

でも、その事件の後、ぼくはいたずらから卒業することになった。

本当にやんちゃで、いたずらっ子だったひとなり少年はその日を境に、こころを入れ替えることになる。

ぼくはいたずらをする代わりに、詩を書くようになった。

ナカタニエミコさんを感動させた（と勝手に解釈した）ああいう詩を書きはじめた。

人を悲しませることの代わりに、ぼくがノートの片隅に詩を書くと、母さんが笑顔になった。

いい詩だね、と褒《ほ》められることもあった。

「この詩はどうやって生まれたの？」

「この詩はこころがぼくに書かせたんだ」

「それはどんなこころ？」

「わからないけど、だれかのことが好きになったり、美しい景色を見たり、空が赤く染まった時なんかに胸のあたりがきゅんとなって、ただ、そういう思いを言葉におきかえているんだ。一番言葉がしっくりくる。こころや気持ちを言葉にするのが好きみたい」

「それは素敵なことね。ママはこの詩を読んで、とっても幸せだった。ひとなりが言葉で自分を伝えることができることを喜んだ」

「うん、じゃあ、もっと書くね」

「そうね、どんどん、書きなさい。詩だけじゃなくて、たくさん絵を描いたらいい、もっと歌えばいい、写真を撮ればいい。いっぱい詩を書いたらいいわよ。その言葉や歌や絵はたくさんの人を幸せにするだけじゃなく、君自身の人生を豊かにさせるはずだから」

「出た。またじんせいだ！」

「ええ、人間と人間は人生で繋がっているのだから、人生の間でものを生み出せる人になりなさい」

ひとなり。よかか。
がんばると無理するはまったく違うもんたい。
がんばるは自分を大事にしながら意思を貫くために、
自分のベスト目指し努力することたい。
無理するというんは自分を犠牲にし、
自分のできる限界越えて人に尽くしてやること。
無理せずがんばったらよかか。

母さんの才能が開花する

母さんの作るハンバーグはジューシーで本当に美味しくて、ぼくが子供の頃に太っていたのはそのせいでもあった（今の息子と一緒じゃないか！）。

社宅の主婦たち向けの料理教室はその後、周辺の住民にも広まり、遠方からも料理を習いたいという人たちがやってくるようになった。

外に出なくたって、広大な世界をこんな狭いうちの中に引き寄せることができるのだ、とぼくは思った。

母さんの凄《すご》いところは、与えられた環境でできる最大のことをつねにやっている点であった。

外に出られないなら、外を内に招き入れればいい、という逆転の発想である。

母さんはこの頃、父さんの許可を得て、刺繡《ししゅう》の学校に通うようになっていた。

東京のお花の教室通いに続いて、二度目だったが、その短い時間の外出時間に彼女は最大限の技術を身に付けて戻ってきた。

のちに「薔薇《ばら》の辻」と呼ばれるようになる恭子さんの真骨頂《しんこっちょう》との出会いでもあった。

父さんもお花とか刺繡とか、女性ばかりが集まる習いものだけは外出許可を出した。

これがダンスとか、演劇とかだったら反対をしたことであろう。


つねに厳しく、優しく、前向きな母さんだったが、一度、ぼくに悲しい背中を見せたことがあった。

それはぼくが小学四年か五年生の頃のことである。

ぼくが夜中におしっこに起きると、キッチンに灯りがついていた。寝ぼけ眼《まなこ》をこすりながら、

「ママ」

と、呼んだが、返事は戻ってこなかった。

「こんな時間になにを作っているの?」

今、思えば母さんはお酒を飲んでいたのかもしれない。

いや、あるいは泣いていたので、ぼくの気配に気が付き、流しに向かって料理をするふりをしたのか……。

ともかく、その夜、父さんはいなかった。

出張でどこか遠くに出かけていたのか、あるいは遅くまで飲んでいたのか、あるいは……。

「ひとなり」

と母さんは小さな声で言った。

「なに」

「まだ、わからんけど、もしかすると、ママはパパと別れるかもしれん」

そのようなことを淡々と口にした。

いつもの声色とは違っていたのでびっくりした。

別れるということがなにを指しているのか、小学生のぼくにわかろうはずもない。

でも、ただごとではないなにかが起こっていることだけはわかって、ちょっと怖くなった。

「別れるってどういうこと」

「別々で暮らすということだよ」

「ぼくとつねひさはどうなるの？」

返事はすぐにはなかった。

洟をすする音が聞こえてきた。

やはり泣いていたのかもしれないが、怖くて確かめることができなかった。

闇の中に浮かび上がる、悲しい背中だけが記憶に焼き付いた。

「お前らは、どっちかを選ばないとならん」

ぼくは逃げるように、おしっこのことなど忘れて急いで寝床に潜り込んだ。

布団を頭からかぶり、寝たふりをしたがなかなか寝付けなかった。

どっちかを選ぶというのがどういうことか、必死で考えた。

もしかしたら、ママとパパはお互いを嫌いになって、ぼくとつねひさはママかパパのどっちかに別々に引き取られるということかもしれない、と思いついた。

つねひさはまだ小さいからママが必要だろう。

ぼくは長男だからパパの方に行くことになるのか。
それは嫌だ！
長い夜になった。
生まれてはじめての夜更かしでもあった。
そして、ぼくはおもらしをしてしまう。
翌朝、濡《ぬ》れた布団をそのまま押し入れに押し込んで隠してしまうのだった。

しかし、結論から言えば、恭子さんと信一《しんいち》さんが別れることはなかった。
離別は父が死ぬまで起こらなかった。
でも、あの時、母さんは一大決意をしていたに違いない。
母さんが離婚を真剣に考えていた瞬間にぼくは遭遇をしてしまったのだった。
母さんは自由を求めたのかもしれない。
自分が持っている才能を外に出したかったのであろう。
まだ若いうちに外の世界でその可能性を試したかったのかもしれない。

でも、それはずっと許されなかった。それほど父さんは母さんを愛していたのだ。

いや、そういうのが本当の愛なのか、母さんが疑問を持ったとしても当然である。

母さんを慕ってやってくる女たちから聞く外の世界の話に、母さんはどんな思いで耳を傾けていたことであろう。

頭の中にきらめく大人の社交場のキラキラとしたステージなどが明滅していたかもしれない。

母さんは晩年、社交ダンスを実際にはじめている。

背の高い紳士たちといくつもの大会に出場することになる。

もっとも、それをはじめたのは母さんが50歳を過ぎてからであった。

では、なにが彼女を引き留めたのか。どんな力が彼女を離婚へと向かわせなかったのか。

想像に過ぎないけれど、幼いぼくと弟の存在があったから、離婚には踏み出せなかったのじゃないか、と思った。

ぼくらがいなければ母さんは父さんと別れていたかもしれない。

彼女は自分を犠牲にしたのだ、と幼いぼくは幼いながらに思いつく。

その翌日、母さんはぼくに、昨日のことは黙っとくんだよ、と釘を刺した。

「ひとなり。人生は誰のものか、とつねに考えることが大事ったい。苦しい出来事にぶつかり、なにかの選択を迫られた時、自分に言ったらよか。それは誰の人生だよって。誰の人生だ。それは自分の人生なんだよ。つまり、これからの長い道のりの中で、もしもママのようにお前が迷ったら、自分に向かって言いなさい。誰の人生だよって」

たぶん、ぼくがこの年までなにものにも負けずに生きてこられたのは、母の一言、「誰の人生だよ」（だれん人生ったい）、による。

これをぼくはことあるごとに、ことある場所で、ことあるツイートでも、ことある大学の講義などでも、口にしてきた。

なぜなら、この名言は人間が生きることの原点に居座る偉大な言葉だからだ。

「誰の人生だよ」

と自分に向けて問いかける時、人は自分を取り戻すことができる。

「誰の人生だよ」

こうつぶやく時、人はその苦難から自分自身を救出することができる。

ぼくはこの言葉をこころに強く持って、世の荒波を乗り越えていくことになった。

周囲の意見などに惑わされることなく自分の思い通りに生きろということだけど、これは簡単そうで、実際にはなかなか難しいことでもあった。

でも、誰の人生だ、と自問自答すれば意外とスッキリと答えを、つまり進むべき道が見えてくるのだから、母の生き方は偉大であった。

ひとなり。苦しい局面に立たされた時、
右に行くべきか左に行くべきかと迷ったら、
それは誰の人生かと自分に問うてみたらよか。
まず自分を生かす道を選ばな。
今、お前が生きとるお前の人生は誰のもんか？
自分の人生やなかか？
ならば、なんば遠慮しとっとか！

母さんの教育理念

母さんはぼくを叱らないばかりか、勉強しなさい、と言ったこともない。

宿題はしたか、と訊かれたが、勉強をしなさい、いい学校に進学しなさい、というようなことは一度も言われたことがなかった。

だからぼくは小学校時代、ひたすら遊び続けることになる。

社宅の子供たちはみんな塾通いをしていたけれど、ぼくだけ塾に行く必要がなかった。

「辻くんは塾とかに行かないの？」

放課後、クラスメイトに「遊ぼう」と声をかけると、必ずみんなから、

「塾は？」

と聞き返された。

高学年になればなるほど、ぼくと遊ぶ友達が減っていくのだった。

「ねぇ、なんでぼくは塾に行かんでいいと？」

ある日、母さんに訊いてみることにした。

「行きたいと？　行きたいならどこか行ってもよかとよ」

「え？　そういう感じ？　みんな行ってるから、ぼくは行かなくていいのかな、とちょっと不安になったったい。もう四年生やけん」

母さんはクスっと微笑んだ。

「行きたくないものを無理に行かせたくないとよ。勉強は学校で十分やないと？　そのために先生がおるっちゃろ？　それとも先生の教え方が悪いと？　ママはなんでみんな学校でベストを尽くさんで、塾でベストを尽くすのかわからんとよ」

なるほど、とぼくは思った。

「でも、みんないい学校に行くのに、学校の勉強だけじゃ勝てんから、塾に行かされてるって言いよる」

「あんた、学校で昼寝してるとやろ？」

痛いところを突かれた。遠くで弟が笑った。お前になにがわかるんだ、とぼくは思わず大きな声をはりあげてしまった。

「あ〜、寝てる」

「学校で寝てる子が学校で勉強せんで、塾でなんば勉強すると?」

「そうったいね」

ぼくは苦笑するしかなかった。弟がげらげらと笑い転げたので、ぼくはその辺に落ちているゴミを投げつけた。

「じゃあ、ぼくはいい学校に行かんでもよかと?」

「それは自分の問題やけんね。ママは学校行きたかったけど、行かしてもらえんかっただけん、行ける人が羨《うらや》ましいと」

なにか胸に刺さる言葉だった。

「じゃあ、ぼくに行けとなにで言わんと?」

「だから、お前が行きたくないのに、行けっていうのは親のエゴやろが」

母さんの言っていることは正しかった。

他の子のお母さんたちも恭子さんと同じようなことを言っているのだろうか?

その上で、ぼくの同級生たちは自分から塾へ通うと言い出したのだろうか？

翌日、ぼくは漫画同好会仲間の井尻《いじり》君をつかまえて、聞いてみた。

「でも、いい学校に行かないと、いい会社には入れないよ。競争社会だから。そのためにはいい成績をとらないとならないよ。人よりもいい成績をとるためには学校の勉強だけじゃ足りないよ。もっとレベルの高いところを目指さないと」

井尻君は成績優秀だった。

彼が目指すものはしっかりとしていた。

塾に行っていないのはぼくとクニやんとシャーマンくらいなものだった。後の子たちはほとんどが放課後に塾通いをしていた。

「もうすぐ中学受験だから」

「でも、受験しなくても中学は義務教育だから、どこかに入れるってママが言ってたよ」

「どこでもいいなら、それでいいんじゃないの？」

「どこでもじゃいけないの？」

「辻君、それは君の問題だから、ぼくにはわからないよ」

井尻君は母さんと同じようなことを言った。

ということはみんな、どこでもいいとは思っていないということであった。

ぼくはその夜、母さんにもう一度訊いてみた。

「どこでもよくないの？」

「どこでもいいと思うけど、問題は君がどうしたいか、ということでしょ？　勉強したくない人に、ママは塾に行けとは言わない。いい学校に進みたくない人に塾に行けばとは言わない。だいたい、なんをもっていい学校と言うと？」

「いい会社に入れるのがいい学校」

ぼくは答えた。弟が、ふふん、という顔をして微笑んでいる。だから、お前になんがわかるとや！

「ママはそうは思わない。いい先生はいると思う。でも、それは頭がいい先生じゃない。お前のことをとっても信頼してくれている先生。お前はこの小学校で最高の先生たちが担任になった。どの先生も素晴らしい先生だった。問題はお前がその先生たちの授業をちゃんと聞かないでいつも寝ているということったい」

「その通り」

とぼくは思わず同意してしまった。弟が笑い出した。くそ、あっちへ行けよ。

「ぼくはどうしたらよかと？」

「どうもせんでいいっちゃないと？　ひとなりが将来、勉強したいと思ったら石にかじりついてでもするっちゃないと？　勉強ってなん？」

「勉強ってなんだろ」

「そうね、まず、そのことを考えてみたらいいとよ」


大きな宿題であった。

勉強というのはなんだろう、とぼくは考えはじめることになる。

いい学校とはどういう学校だろう、と思った。

いい会社というのは父さんが働いているような、立派で社員も多い大企業だろうか？

そのためには東京のいい大学へ行かないと入れないのだろうな、と思った。

猪狩のおじさんは青山学院大学で、父さんは中央大学だった。

父さんはある日、ぼくにこう言った。

「それはわからんけど、ありえる」

「なにが？」

「パパは今の会社の社長になってみたい。男だから一度はトップを目指したいんだ。ずっとナンバー2でいるのもそろそろ終わりにしたい」

それはとっても驚くような発言であった。

そういえば、父さんの決意を聞いたのは、はじめてのことでもあった。

なんとなく、かっこいい、と子供ながらに思ってしまった。

「そのためには、なにをしないとならないの？」

「一生懸命勉強をして会社で一番にならないといけない」

勉強？　大の大人がまだ勉強をしないとならないの？

「生きていればずっと人間は勉強をしないとならない」

この時期から、微かにだが、将来ぼくはなにがしたいのだろうと思うように、考えるように、想像するように、なった。

でも、母さんは違う意見を持っていた。

「だから、学校で昼寝をしないでまず先生が教えることをちゃんと理解できるように勉強をすれば、お前がさっきから言ってる一番にもなれるったい。でも、やりたくもない勉強を塾でやっても頭には入らない。ママはお前にそういう無理強いはしたくない。暗くなるまで野原を駆け回っておればよかったい。頭は知らんけど、健康になる。でも、いつか自分から勉強をしたいというものが現れたら、その時、人間は本気になる、自分の道とまず出会うことが大事ったい。ひとなりはまず学校の先生を信じないとならん」

父さんのように社長を目指すのか、母さんの言うように野原を駆け巡りながらのびのびと生きて、その中で本当にやりたいものと出会ってから勉強を開始するべきか。

ぼくは遊びたかった。そして、遊ばせてくれる親がいた。

父さんはいい学校に行けと言い続けたけど、父さんは忙し過ぎて、ぼくの塾のことまで頭が回らなかった。

母さんは塾には反対の立場であった。

「いい先生に出会いなさい。こころから尊敬できる学校の先生との出会いは大事です」
強いメッセージを出す時、元弁論部は標準語を使った。

母さんは、お前には無理だよ、とは言わなかった。
彼女はつねに、やってみたら、と言った。もしも、お前がやりたいのならば……。
母さんは、あの子みたいに一番になりなさい、とは決して言わなかった。
母さんは、お前はお前だ、他人と比較したりはしない、と言った。
母さんは、ひとなりはダメだね、とは言わなかった。ひとなりは凄いぞ、と言った。
母さんは、周りを見てみろ、とは言わなかった。
代わりに、周りなんか気にするな、と言った。
悪口、陰口に対しては毅然《きぜん》と、ほっときんしゃい、と言って笑った。
バカとかあほとか言われたことがない。
ひとなりは天才だ、お前にできないことはない、と母さんは言い続けた。
母さんは、死ね、ぶっ殺すぞ、とかそういう汚い言葉を人に向けたことがない。

母さんは、生きろ、生きろ、生きろ、とみんなに、母さんの周りに集まる主婦の人たちに言い続けた。

その言葉は力強く、ぼくは誇らしかった。

つまり、ぼくは今まで一度たりとも誰かと比較をされたことがなかった。

ひとなり。母さんはなんも言わん。
勉強しろとも、我慢しろとも、人より努力しろとも、
勝てとも、命をかけろとも、死ぬ気でやれとも、
根性出せとも、言わん。そんなこと一度も言ったことなか。
ただ、自分を大事にせんね、とだけ言わせて。
無理したらいけん。

お別れの時がきた

父さんに辞令が出た。

福岡支店から北海道の帯広《おびひろ》支店に移ることになった。

出世し、帯広支店の支店長になったのだ。

新しい職場の重要なポストを任され、父さんは溢れる希望の中にいた。

でも、ぼくや母さんはちょっと違った。

母さんはこの6年間でたくさんの友達を獲得していた。

その別れはぼくや弟の転校とは比較にならないほど、想像を絶するほどに、辛《つら》い移動だったかもしれない。

6年間、母さんは自分の世界、そこはだいたいキッチンだったが、で地道な活動を続けてきたのだった。

猪狩さんをはじめ多くの仲間たちと過ごした幸福な6年間がそこにはあった。

でも、いつかは引っ越す日がやってくる、転勤族の宿命であった。

母さんも覚悟はできていたはずだった。

それが帯広じゃなく、広島とか北九州とかであるならばまた話が違ったかもしれない。

しかし、福岡と帯広のあいだには2000キロもの距離があった。

いつも元気で前向きなあの母さんの顔色が冴《さ》えないのが気がかりだった。

北海道がどういう場所か、まったく想像もつかなかった。

その不安もあっただろう。

筑後川の下流の大野島で生まれ育った母さんにとって、東京以上に不安な新天地に間違いはなかった。

そこで再び幽閉に近い生活を送ることになるのだ。

母さんはそれでもぼくと弟のために頑張ろうと思っているに違いなかった。

あの夜、キッチンで母さんが言った一言、「別れるかもしれない」がぼくの耳の奥に蘇《よみがえ》ってきた。

なにか、ちょっと不吉な予感がまとわりついてくる。
そこは真冬になればマイナス30度、北海道の内陸都市であった。

Ⅱ

新天地で考えた

帯広に到着した時、それは初春のことだったが、まだ大通りのそこかしこには雪が残っており、歩道にはかき集められて除雪車を待つ、大人の背丈よりも高い雪の山が各交叉点ごとに聳えていた。

滅多に雪が積もることのない福岡からやってきたせいもあり、それは、はじめて見る雪景色であった。

空港から市内に入るまでの道の左右に建つ家々は三角形で、トタンの屋根が空に向かってとんがって聳えていた。

色もカラフルな家が多く、おとぎの国のようで、まるで日本じゃないみたいだった。

固有の町名はなく、西二条北3丁目、東三条南4丁目という風に区分され、碁盤の目のように整理されていた。

父の会社の帯広支店の上にぼくらの住居があった。

そこは正面から見るとビルなのだけど、裏側に回ると傾斜の強いトタン屋根がむき出しで、普通の民家なのに、ビルを装った、まるで映画のセットのような家だった。

帯広市内の目抜き通りに面していたが、当時、駅前以外は、どこのビルも裏側はトタン屋根だった。

その屋根の傾斜は急で、雪が積もらないようにと、工夫されていた。

会社の裏口が、ぼくらの家の表玄関になった。

そこは三月だというのに、屋根から落ちた雪で埋もれており、家に入るまでに雪のトンネルを通らなければならなかった。

事務所は一階の通り側に面しており、裏側の残り半分が住居だった。

子供部屋と両親の寝室が二階にあった。

父さんの下に五人の社員の方々がいた。

みなさん、とっても優しい人たちで、ぼくらの新天地での生活をサポートしてくださった。

ぼくと弟は帯広小学校に転校した。

家から歩いて2分くらいの場所にある歴史ある小学校だった。

担任の先生は穏やかで優しく、生徒たちともすぐに仲良く打ち解けることができた。

ここでぼくは新しい友達たちと出会うことになる。

斎藤君、小沢君、有沢君、戸田君だった。

最初、歯医者さんの息子の斎藤君と仲良くなり、リビング小沢という家具屋の御曹司、小沢君を紹介され、その親戚の有沢君とも仲良くなり、最後にお父さんが建築屋さんだったかな、戸田君と親しくなった。

おっと、もう一人、紅一点、渡辺さんというマドンナがいたっけ。

どうやってこのグループに入ったのかといえば、最初に仲良くなった斎藤君が、塾に通っていると言い出したからであった。彼が、あんな素晴らしい先生はいない、と豪語したから、一度、みんなが通う塾とやらに足を踏み入れてみなきゃ、と思うようになったのである。

「なんで塾に行くの？」

とぼくが質問をすると、斎藤君はこう答えたのだ。

「もっと世界のことを知りたいからだよ。ぽんぽこ塾の先生は英語がペラペラだからだよ。いつかぼくは世界に出たいんだ。世界に出るには英語くらい喋れないとね」

この明確な意見が決定打となり、ぼくもぽんぽこ塾に通うことになった。

母さんはぼくが自ら塾に通いたいと言い出したことを、なんとなく喜んでくれた。

自分から勉強がしたいということを止める理由がありません、と言った。

ぽんぽこ塾のユニークなところは、生徒たちに英語の名前が付けられていることであった。

授業中は、まるで外国のように、英語名で呼び合わないとならなかった。

ちなみに、ぼくに与えられた名前はニック。斎藤君はロバートだった。

「ニック、今日は塾の帰りにエリザベスと三人でアイスクリームしようぜ」

エリザベスというのは渡辺さんのことだった。

渡辺さんがエリザベスと命名されたのはその美貌から、当時世界的な映画俳優だったエリザベス・テイラーに由来しているというまことしやかな噂が広まっていた。

「エリザベスはなににするの？」

「ありがとう、ロバート。私はラム・レーズンがいいわ」

こんなにかっこいい会話ができる塾があるんだから、帯広は進んでいる、とぼくは思った。

でも、この塾はその後、生徒が増えて、英語の名前が足りなくなり、あとから入ってきた有沢君には英語の名前がなかった。

ぼくはニックと呼ばれることが嬉しかった。

あまりに嬉しくて英語のノートに、Hitonari "Nick" Tsuji、と書いていたほどである。まるでハワイの移民一世のような感じじゃないか。


ぼくは学校にも塾にも友達たちにも恵まれて、転校生だったにもかかわらず、楽しい学校生活を送ることになった。その一方、母さんは違った。

夏の福岡は30度を超えた。冬の帯広は酷《ひど》い時にはマイナス30度ということがあった。寒さには慣れない南の人間だった母さんにとってその温度差60度は応《こた》えた。

激しい環境の変化によって彼女の体調は壊れたのである。

もっとも、彼女が体調を崩した一番の理由は別にあった。

ようやく築き上げた福岡での活動拠点や親しかった仲間たちを一瞬にして失ってしまった喪失感によるせいで……。

福岡の仲間たちがいないというロス感が母さんから気力を奪ったのである。

ぼくらには学校があり、支店長になった父さんは張り切っていたが、友達が誰もいない雪に埋もれた帯広での生活は母さんの身体とこころを痛めつけることになる。

母さんが暗い。それがぼくにも弟にもわかって辛かった。

高度経済成長期にあった日本の男たちは、誰も彼もが自信に溢れて、生き生きとしていた。

テレビをつけると、ミニスカートの女性が、「Ｏｈ！　モーレツ」と叫んでいた（ガソリンだったか、自動車の宣伝コマーシャルである。なかなかシュールだった）。

男たちはガンガン突き進んでいく時代で、女たちはそういう男たちの犠牲者でもあった。

母さんのような立場の女性も多かった。

父さんは外で飛び回っていて、母さんは家で寝込んでいた。それが幼い少年のぼくが見た１９７０年代の日本の男女の姿でもあった。

でも、恭子さんがそれで終わる女だとは思えなかった。

絶対、母さんは復活する、と幼いぼくは、いや、あの弟でさえも思っていた。

「ママはどうなるの？」

ある時、ぼくは寝込んでいる母さんの枕元で聞いた。

「どうもならないよ」

「でも、ずっと寝てるから。ぼく、心配だよ」

「ひとなり、大丈夫だから。つねひさを頼む」

「つねひさの世話とかできない。ママの世話をする」

「大丈夫だから」

「大丈夫なら、今すぐに起きて、前みたいに頑張って」

母さんはクスっと笑ってみせた。

「ママ、猪狩さんもこっちに呼べばいいんじゃないの？」

「猪狩さんは大阪に転勤になったのよ」

「じゃあ、猪狩さんにかわる友達を探せばいいよ」

「そうだね、たしかに、お前の言う通りだわ」

「ママならすぐに友達ができるよ。お隣とかそのお隣さんとかに張り紙をするよ」

「なんて？」

「ママの友達募集って」

そのやりとりの直後から母さんは、再び、頑張りはじめた。

なにかを吹っ切るような感じで、まずは福岡ではじめた刺繍と再び向かい合うようになる。

刺繍ならば、外がマイナス30度でもへっちゃらだからだ。

北海道はセントラルヒーティングだったので、家の中は真冬でもプラス30度の猛暑なのである。

福岡は暖房がなかったので、冬の2度とか3度の日は本当に寒かった。でも、帯広は建物の中はなぜかどこの家も30度を超える酷暑となる。

なにもそこまで暑くしないでもいいのに、と子供ながらに思ったが、それが北海道スタイルなのだった。

その外と中の寒暖差が母さんを苦しめた。

母さんが学んでいたのはフランス刺繍であった。

ぼくは今、フランスで暮らしているが、思えば家の中にはフランスのデザインや香りが日常的に溢れていた。

刺繍のための大きな棚があり、そこにはフランスから取り寄せられた様々な図案があった。様々な色の糸や各種の生地や道具がずらりと入っていた。

とくに図案は教会だったり、風車だったり、レンガの橋だったり、チューリップだったり、どこか西洋を思わせるものがほとんどであった。

母さんの刺したフランス刺繍が額縁に収められて家中に飾られ、ちょっとした美術館のようでもあった。

フランス刺繍協会は全国規模に急成長していた。

そこの偉い先生たちの目に母さんの作品が留まり、北海道の展示会などに出展するようになり、母さんは少しずつその世界で認められるようになる。

それだけに留《とど》まらず、母さんは新しい才能を開花させるべく、帯広で木彫《きぼ》りを習いはじめた。

木彫りと言っても阿寒湖《あかんこ》名物の鮭を銜《くわ》えた熊の木彫りではなく、欧風の木彫《もくちょう》のことで、おしゃれな家具などを作るのだ。

母さんはなにか目標を見つけるとそこへ向かって全力で突き進む人でもあった。

刺繡、木彫りなどが母さんを再びやる気人間へと連れ戻していき、そのおかげで体調も少しずつ、本当に少しずつだが、改善していくことになる。

まもなく、家じゅうに木くずが溢れるようになって、テーブルの上には様々な種類の彫刻刀が散乱しはじめた。

今でこそアンティークショップに行けばドイツやフランスやイギリスの古いサイドボードとかチェストとかキャビネットなどが買えるが、当時は一流ホテルにでも行かない限り、しかも綺麗な木彫りの柄が施《ほどこ》された家具など見ることもできなかった。

「北海道はどこかスウェーデンとかノルウェーみたいじゃない？　だから、ママはここで木彫りをすることにしたのよ」

母さんのこのハイカラ好きと夢見がちな少女的思考が彼女を救った、と言える。

そして、まもなく、家のリビングルームにライオンや薔薇や蔦《つた》が美しく彫られた巨大なサイドボードやデスクや鏡台などが次々出現するようになる。

母さんはぼくのために獅子《しし》のエンブレムが彫られた立派なチェストを作ってくれた。一心不乱で創作に向かうことで、母さんは自分の置かれた境遇というものを乗り越えようとしていたのではないか、と思う。

それはまるで写経に近かった。

刺繍糸を生地目にチクチクと刺す母さんの気迫、彫刻刀を握りしめ木材をゴリゴリと彫り続ける気迫溢れる姿が目に焼き付いて離れない。

刺繍や木彫りの作品が一つできるたびに、命を吹き返す母さんであった。


1970年に母さんが手彫りした獅子のエンブレム入りの立派なチェストは、しばらくの間、ぼくの書斎に置かれていたが、パリに移り住む時に実家に送り返してしまった。今は福岡の自宅の電話台として使われている。

手作りの家具というものは壊れることがない。

福岡は社宅だったので主婦仲間がすぐに集まったが、帯広は自宅だったので、残念ながら福岡のような勢いでは人が集まることはなかった。

人が集まらなかったし、外は雪で閉ざされることが多かったので、幽閉されていた母さんはさらに内向的な生活を余儀なくされてしまう。

帯広時代の母さんはモノづくりの腕に磨きをかける修業期間という感じだった。

帯広時代の母さんは、雪解けを待つ地面の下の土筆《つくし》のようでもあった。

たぶん、ぼくはそういう母さんの背中を見て育ったように思う。

コツコツと創作をする母さんの背中は、今のぼくの背中とそっくりじゃないだろうか。

こうしてこの作品を書いているぼくを、あるいは息子が少し離れた場所から見ていたとして、その記憶が彼の中に残ったりするのなら、それは当時ぼくが見ていた母さんの姿に重なるかもしれない。

子供は親の後ろ姿を見て、たしかに育つ。

そこに、母さんはいた。

人間はどんな苦しい場所にいても、諦《あきら》めないで頑張れば、自分の居場所を築くことができるのだ、ということを母さんはまさに実証していたのである。

幸せだと思えることが、幸せになる一番の方法なんだ。
自分は不幸だと思い続けていたら、幸せは近寄らないよ。
ひとなり、欲張らず、高いところばかり見上げてないで、
足もとのことや家族の小さな幸せを喜べる日々を生きなさい。
幸せが幸せを招くんだからね。

母さんの味を受け継ぐ

そんなある日、ぼくは母さんにお願いしてみた。

「ねぇ、ぼくも料理をしてみたいんだ」

「あ、それはいいアイデアだね」

母さんの表情がぱっと明るくなった。

なぜ、ぼくは料理を習おうと思ったのだろう。

母さんが寝込んでいるのであれば、ぼくが母さんにかわって台所に立てばいいんじゃないか、と思ったからかもしれない。

料理をすると人が集まる、美味しいものを食べるとみんな笑顔になる、というのをぼくはずっと見てきたからに違いなかった。

母さんの才能は料理からはじまり、広がった。

料理、刺繍、木彫りの順番で彼女は自分を表現していった。

ぼくも料理を学んでみたいと思うようになった。

料理ができるようになるともっともっと世界が広がるのじゃないか、と思ったからだ。

「じゃあ、なにを習いたい？」

「もちろん、ハンバーグ」

ということでぼくが生まれてはじめて作った料理は母さんのハンバーグであった。


母さんに、1970年代風オールドジャパニーズハンバーグの作り方を教わった。

母さんは材料をずらりとキッチンに並べてみせた。

牛豚合い挽き肉、（母さん曰く、牛と豚の比率は3対1なのだそうだ）玉ねぎ、卵黄、食パン、牛乳、塩胡椒、ナツメグ、小麦粉、サラダ油、ケチャップ、しょうゆ、ウスターソース、マヨネーズ、赤ワイン、バター、豆腐、などであった。

まず最初にボウルに食パンを千切って入れ、卵黄と牛乳で浸しながら混ぜた。

パンに味を十分に染みこませることが旨《うま》みを引き出すコツなのだとか。

それから牛豚合い挽き肉は練る前に冷蔵庫でよ〜く冷やしておく。常温に戻さないでもいいということだった。

さらに大事な点、夏の暑い時期などは、挽き肉の入ったボウルを氷につけながら練るのがコツだと教えられた。

「ハンバーグというのはいかに肉汁をその中に閉じ込められるか、で味に差が出る。ここが大きなポイントだ。人の手の温度は高いからね、練っているうちに肉の脂が溶けてしまう。これを防ぐために、肉は冷やしながら練り込むんだ」

母さんは氷の入ったボウルに肉の入ったボウルを置き、冷やしながら練りはじめた。

「押し付けるようにして練っちゃダメ。指でつかむように、指の合間から絞り出すように練るのがコツ」

いきなり本格的なアドバイスで、ちょっと面食らったが、この方法は45年以上経った今もとっても美味しくハンバーグを作るコツとして、ぼくの魂《たましい》に焼き付いている。

「練る前に塩を入れるのを忘れないように。こうするとハンバーグのたんぱく質が離れにくくなるから、焼いた時に割れない。続いて、ある程度練ったら、胡椒、ナツメグなどを入れて、さらに粘りが出るまで練る」

よくこねることができたら、ここに先ほどの牛乳＋卵の染みた食パンを加え、さらにむらがなくなるまで練り込む。もちろん、氷で冷やしながら……。

できるだけ素早く、温度が上がらないように、がコツ。

マヨネーズや豆腐などを少し入れると軟らかく仕上げることができる。しかし、これはお好みで。

等分した肉のタネを、空気を抜くために手にとって、十数回、パン、パン、パンと反対の手を目がけて投げあう。

手の形にハンバーグが整いだしたら、表面にオリーブオイルを塗り、じわっと染み込ませる。肉面を滑《なめ》らかに保つことが焼いた時にハンバーグを割らないもう一つのコツである。

中火で熱したフライパンにサラダ油を引き、ハンバーグダネを並べる。

火加減を見ながら、片面3分ずつ、うっすらといい感じに微かに焦げるまで焼く。

表面を焼くことで肉汁を閉じ込めるのだけど、焼き過ぎるとハンバーグが割れるので、ここはよく観察しながら加減で調整をかけるのがさらにコツ。

蓋《ふた》をして、弱火にし、数分蒸し焼きにする。

さらに火を止め、アルミホイルなどで簡単に覆い放置するのがコツ。

ハンバーグの個体差で焼き時間、蒸し焼き時間に差が出る。

竹串を刺して、透明の肉汁が出たら火が入った証拠である。

この蒸し焼きという工程が旨みを閉じ込める最大のコツでもある。

最後にフライパンに残った肉汁に、ケチャップ、ウスターソース、しょうゆ、あればオイスターソース、そして、少し甘みを付けるのがさらに美味しくするコツなので、ここに砂糖を加える。

砂糖が嫌な人はアプリコットのジャムとかはちみつなんかでもよい。

美味しく焼き上がったハンバーグを皿に盛り、ソースをかけて完成となる。

母さん曰く、

「ひとなり、最初に一言言っておく。どんな料理であろうと美味しく作る基本のコツがある。それは食べる人への愛情をスパイスにして作るということだよ。食べる人を幸せにしたいと思って作った料理は多少形が悪くても、美味しい。母さんがお前に最初に言っておきたいのはそのことだ。これから大人になってみんなに食事を作る機会が増えるだろう。その時、この母さんの言葉を思い出しなさい。料理はレシピじゃない。愛情なんだってね」

というわけで、ぼくはこの母さんのハンバーグを食べて育った。

そこには母さんの料理への哲学がしみ込んでいた。

45年以上も前のレシピだが、それ以上のものを食べたことがない。

これをぼくは時々、パリでも作る。

そして、息子にも食べさせている。

おばあちゃんっ子だからか、食べると味でバレてしまう。

「パパ、これ、ババの匂いがする！」


ぼくが料理好きなおじさんになったのは、母さんが教えてくれた教訓による。

ぼくがシングルファザーになって幼い息子を育てていかなければならなくなった時、ある意味、絶望の淵にいて、どうしていいのかわからなかった時、そうだ、母さんからパリに一本の電話がかかってきた。

「ひとなり、よかか。今は余計なことば考えたらいけん。今は息子を立派に育て上げることだけを考えんか。お前が今やらなければならないことは自分のために生きることじゃなか。その子をのびのびと育て上げるこったい。そのためにお前がやらないけんことは、料理だ。たくさんの言葉をその子に投げつけたところで、彼には重いだけ。言葉よりも美味しいものったい。美味しいと思うことは生きようと思うことに必ず繋がる。人間は生きるために食べなければならんたい。どんどん、食べていれば子供は元気になる。ガンガン炒めてジャンジャン食わせたらよか。よかな。愛情料理でその子に笑顔を、その子が笑顔になればお前も生き抜くことができる。今こそ、お前は母さんのハンバーグを作らないけんとよ。あのハンバーグを、さあ、作りなさい」

ひとなり。苦しい時は余計なことは考えず、
ガンガン炒めて、ジャンジャン食え。
悲しい時は余計なことは考えず、
ワイワイ騒いで、ドンドン笑え。
死にたい時は余計なことは考えず、
チビチビ呑《の》まずに、ガーガー眠れ。
どんな時も余計なことは考えず、バンバン生きたれ。

いじめに負けるな

ぼくは無事に小学校を卒業し、中学校へと進んだ。

十勝川沿《とかちがわ》いの原野の中ほどに建つ真新しいマンモス中学校であった。

しかし、ここで、今まで経験したことがないほどに大きな試練がぼくを待ちうけていた。

そうだ、忘れもしない。いじめにあった。

あの日、サッカー部の数名に「生意気な奴がいる」と取り囲まれて、ボコボコにされたのだった。クラスメイトたちは助けてくれなかった。

このいじめが陰湿で、福岡の時のように殴《なぐ》り合ったらもう忘れるというのではなく、翌日も、その翌日も、延々と続いた。

応戦をしたが、1対10じゃいくらなんでも勝てない。

力でしか解決できない世界があるのだ、ということをぼくは生まれてはじめて悟ることになる。

体育の先生が一人、ぼくの味方になって奮闘してくれたが、その先生とてスーパーマンじゃなかったし、四六時中ぼくの傍に寄り添えるわけでもなかった。

帯広はとっても牧歌的な静かないい街だったが、その中学校は、当時（大昔のことだから、今は良くなっていることだろう）周辺ののどかな環境とは異なる陰湿な日本の問題点を抱えていた。

当時の日本の空気感そのもの。

のちにイジメという単語が大流行するその走りのような時代の幕開けでもあった。

ぼくは屈しなかったし、決して謝らなかったし（ぼくが悪くないのに謝る理由もない）、だから彼らには生意気に映ったことであろう。

このいじめは結構長いこと、ぼくが函館《はこだて》に転校になるまで続いた。

母さんの教えを守ってきたぼくは決して奴隷になる道を選ばなかった。

それは今日まで変わらない。母さんがよくぼくに言ったことがある。

「ひとなり、負けるっていうのは、誰かに降伏をすることじゃない。自分に負けてしまうということを本当は、負ける、という。自分に負けさえしなければ、たとえ立ち上がれないほどに打ちのめされても、負けとは言わん。負けるということは負ける自分を認めてしまった結果に過ぎない。勝つ必要はないが、負ける必要もないのだ」

女の子たちの前でもボコボコにされた。

クラスメイトの前でもボコボコにされた。

自分をかっこよく描写するわけじゃないけど、どんなに殴られても、目の周りに青痣《あおあざ》を作ってもぼくは降伏をしなかった。

のちに、このいじめの経験が、作家デビュー作となる『ピアニシモ』へと繋がる。

母さんが長いこと臥《ふ》せっていたので、母さんに相談することができず、ぼくは悔しさを抱えて生きていた。

そのせいでか、ぼくも強くなれなかった時期でもあった。

顔に痣を作って帰ったぼくを母さんが見つけて、布団の中から呼んだ。

「ひとなり、どうした？」

「なんもないよ」

「殴られたとか？」

「別にたいしたことじゃない。いつかぶっ殺してやる」

母さんは布団から起き上がり、ぼくの肩を摑んだ。

「逃げろ」

そして、驚くべきことに、こう言ったのだ。

男は逃げるなんてことはできない、と思った。

「それは違う。いいか、勝つことだけが勝利じゃない。逃げることも勝つための道なんだ。余計な戦をするな。お前が戦う場所はそのちっちゃい土俵じゃない。そして、世界はどこまでも広い。その子たちはそこでしか、その狭い世界でしか、そしてその程度の力でしか、自分を主張できない。そういう世界で、そういう環境で、生きているのだと思え。そこに引きずり込まれてお前になんの得がある？　お前はもっと広い世界に出ていけ。ならば逃げていい。そいつらの前から逃げろ」

なぜかわからないが、逃げていい、という言葉でぼくはほっとした。

いや、救われたのだ。

「様々な勝ち方があるが、逃げるが勝ちという考え方が昔からある。つらい時は休んでいい。いやならやる必要はないんだ。そして、ここぞという時に最高の自分を見せつけてやればいい。土俵が違うところに引きずりおろされて、魑魅魍魎《ちみもうりょう》の世界でのたうちまわるな。回避しろ。逃げろ、離れろ、相手にするな、無視をすればいい。ほっときゃいいんだ。いずれ、お前は勝つ。30年後、いや、10年後、お前はすでに勝っている。でも、その時、彼らは一億光年離れたところで負けまくって地べたでのたうちまわっている。暴力でしか自分をアピールできない奴らの顚末《てんまつ》は決まってる。その子たちもいずれ気が付く。その前にお前は気づいた。ここが勝負の場所じゃないということを。お前はもっと先へ行け。輝く未来だけを見つめて歩け」

ひとなり。逃げろ。逃げなさい。逃げてよか。
人生は長い。いちいち全部を相手にする必要はなか。
相手にしちゃいけん。逃げることは負けじゃなか。
そもそも戦う土俵はそこじゃなか。対戦相手が違う。
無駄なエネルギーを使う必要はなか。
体力ば温存させて寝とかんね。

ボウリング・ウーマン

母さんは体力をつけるために、ボウリングをはじめた。

父さんもやっと外出の許可を出したのである。

このままでは母さんが死んでしまうと思ったのかもしれない。

外出させないで母さんが死んだらそれは自分のせいだと思ったのかもしれない。

「恭子、運動をしなさい。ボウリングでもやったらいい。郊外に綺麗なボウリング場ができたんだ。ハイカラなもの好きな君にぴったりの場所だ。連れて行ってやる」

母さんはボウリングクラブに入り、運動を通して、楽しいことを通して、身体のコンディションを整えていった。

身体を動かしたことで、なにより最新設備のボウリング場に通えるようになったこともあり、彼女の気分は変わった。体調は良くなりはじめた。

そしてぼくは母さんの勧めでジュニアクラブに入ることになる。

まもなくぼくのアベレージは160くらいになった。母さんがぼくにマイボウルを買ってくれた。

父さんが運転をして、一家で、帯広市郊外のボウリング場に通うようになったのだ。

そして、物凄いことが起きてしまう。

中学二年生の春、ぼくと母さんはペアを組んで、なんと十勝ボウリング大会で優勝をしたのだった。

これは結構、大きな大会で、話題になった。

ストライクを取るたびにぼくはスカっとした。

そうか、世界は広いのだ、と思った。

父さんはボウリングをやらなかったが、車でぼくらを送り迎えした。その頃にはいじめグループとの距離の取り方もある程度、できるようになっていた。

逃げることは負けることじゃない、という母さんの教えがぼくを救ったのである。

相手にするべき世界は他にある。そんな連中、ほっときなさい、と母さんは言った。

思えば、家族が一番幸せな時代だったかもしれない。

父さんが運転をして、ぼくらは家族四人であちこち旅行に出かけた頃でもあった。網走《あばしり》の原生花園《げんせいかえん》や、根室岬《ねむろみさき》や、釧路湿原《くしろしつげん》や、阿寒湖や、北海道の名所を巡った。

ぼくが息子とよく旅をするのはその時の思い出のおかげかもしれない。

会話は少なかったが、母さんがいて、父さんがいて、弟がいて、いつも同じ車（コルト1000）に乗って、道内を旅するあの車内の安心感がぼくの中にある家族の一番温かい記憶となって残った。

父さんは運転が上手だった。母さんはいつも助手席に座っていた。

二人の関係はわからなかったけれど、あの日、別れるかもしれない、と言った母さんの言葉や不安はもうぼくの中では消え去っていた。

そこには安らぎと安心しかなかった。

父さんは母さんを愛していたのだと思う。

不器用なだけで、やきもち焼きなだけで、ああいう愛し方しかできなかっただけで、でも凄く愛していたのだと思う。

でも、母さんはそういう愛し方が不満だった。

でも、彼女は家族のために文句を言わなかった。

自分を犠牲にしてでも、ぼくと弟が元気であることを一番大切にしてくれる人でもあった。

四人を乗せた小さな日本車。あれがぼくの中にずっとある日本の姿でもあった。

それこそがぼくにとっての日本の家族のイメージ像なのであった。


それは家族で遠出をした後の、だいたい夜のことだったけれど、帯広へと戻る途中の国道を走る父さんが運転をする車内でのこと。

ぼくと弟は後部座席にいた。

弟はいつも寝ていた。

母さんは鼻歌を歌っていた。

父さんはライトが照らす国道の先を見つめていた。

ぼくはリアウインドー越しに、去っていく背後の風景を見ていた。

後ろから追い上げてくる車のヘッドライトを見ていた。

でも、そのうちにぼくらを乗せた自家用車は車もいない山道、あるいは原野を突き抜ける道へと入った。

そこは真っ暗な、光りのない世界だった。

インフラの整備も行き届いていない半世紀近く前の北海道だった。

街灯もない、民家もない、真っ暗な原野を進む日本車の中にぼくら四人はいた。

まるで宇宙を旅するロケットのような車内であった。

ぼくはその狭い車内が嬉しくて仕方なかった。

寝ている弟の頬っぺたを叩いたり、つねったりして遊んでいた。

世界が果てしない分、ぼくら家族はものすごく近かった。

いろいろとあるけれど、ここに家族の一つの形が在ると思った。

このままこのロケットはこの銀河を超えていくのだと思うと興奮した。

ぼくは13歳だった。

信じられないことだが、ぼくはまだ13年しかこの世界に存在してはいなかったのだ。

でも、果てしない銀河を家族と共に移動していた。

ひとなり。人生はだましだまし行け。
真面目過ぎると疲れて続かん。不真面目はいかんたい。
たまに真剣に、たまには逃げてもよか。
身体やこころと相談しながら、だましだましったい。
一生は長か、つねに全力疾走はいけん。
よかか。辛か時はだましだましやりんしゃい。

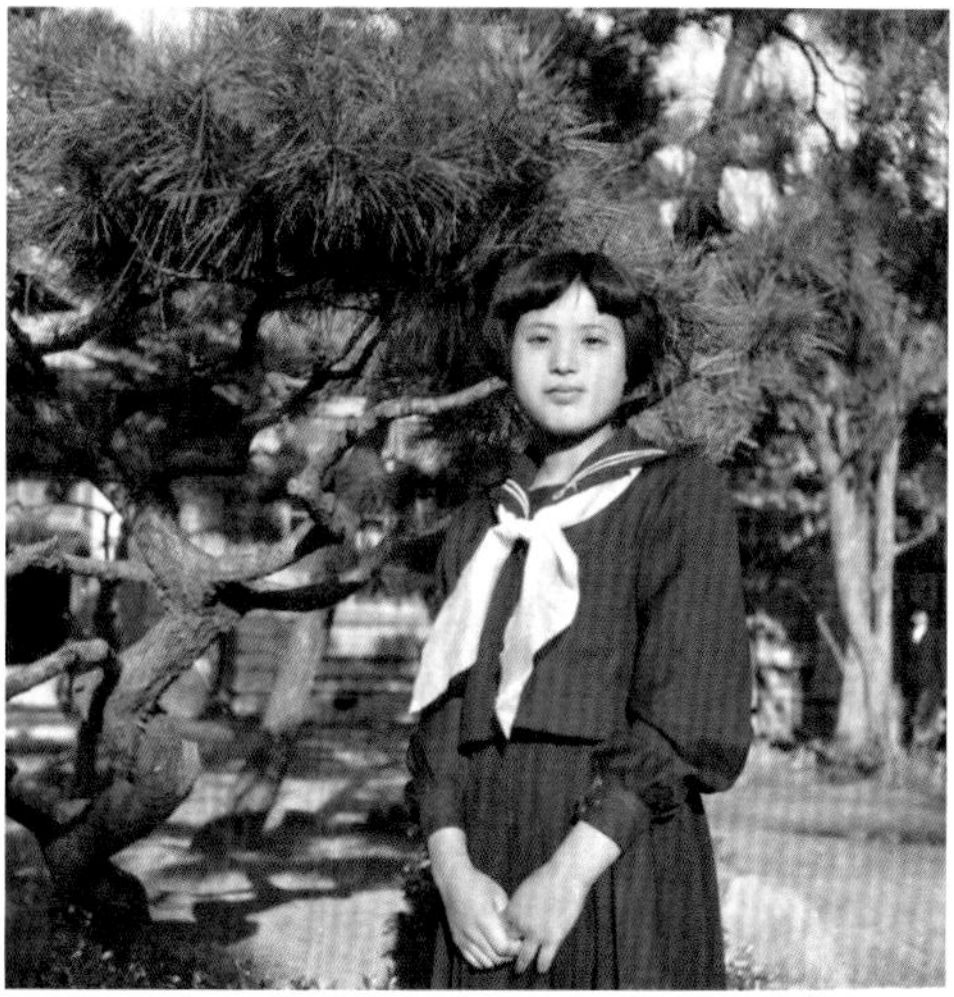

右頁：父さんと母さんの結婚写真。
左頁上：「大野島のマドンナ」と呼ばれていた頃の母さん。
左頁下：写真の裏面に、母さんの手書き文字あり。
「1962年9月20日　仁成がおじいちゃまに汽車ポッポの絵を送ると言って描いていたところです」

お車はこの裏へ

料理、刺繍、
木彫り、社交ダンス。
どこにいても、
多彩でパワフルな母さん。
母さんの周りには、
自然と人が集まってくる。

Photo by 中野正景

「薔薇の辻」と呼ばれ、
とくに人気を博していた刺繍作品の数々と陶芸作品。
母さんは、今も個展を開催している。

人間はみんな
母親から生まれてきた。ぼくもだ。
生まれてしばらくして、だんだん、
じわじわと、目の前にいるのが
母さんだってわかってくる。
それが人間だ。
母さんが最初の先生なんだ。
一番優しかったけど、一番厳しかった。
そこに母さんがいた。

III

函館山を仰《あお》ぎ見る

中学三年生になる直前、ぼくらは函館に引っ越すこととなった。

父さんが今度は函館の支店長に昇進したのだった。

函館支店は帯広支店よりも働いている人が多く、街は人口も倍くらい多く、活気があった。

旧市街、西部地区の宝来町《ほうらいちょう》電停近くに支店があった。

石川啄木《いしかわたくぼく》が住んでいた地区であり、高田屋嘉兵衛《たかだやかへえ》の銅像の真ん前、まさに観光の中心地だった。

建物は帯広支店に負けないくらい古い歴史的建造物だったが、しかし、驚くべきことにあれから50年近い歳月が流れるというのに、いまだそこは健在で、現在は地元の人に愛されるカフェバーとなって毎夜営業をしている。

その話は少し後に譲るとして、文化的にも歴史的にも重要な地区に父さんが勤める保険会社の函館支店があった。

住居は支店の裏にあり、一軒家の平屋づくりで、なんと、リビングルームには大きく美しいペチカ（ロシア風の暖炉）があった。

函館も冬は寒かったが、極寒の帯広に比べれば、津軽海峡《つがるかいきょう》に面しているせいもあり、冬以外は生暖かい風が吹き込み、一年を通して過ごしやすい気候であった。

母さんは復調し、笑顔を取り戻すことになる。


ぼくは帯広の中学校から函館の中学校へと編入した。

函館山のふもと、青柳町《あおやぎちょう》こそかなしけれ、のあの青柳町である。周辺にはロシアの影響を受けた異国情緒豊かな建築物が数多く建っていた。

臥牛山《がぎゅうざん》と呼ばれる牛が臥せった格好の美しい函館山が目の前まで迫り、すぐ近くにはロープウエイ乗り場があり、いくつもの公園があり、坂道が多く、おしゃれなカフェやレストランがあり、神戸や長崎にも負けない洋風な風情がそこかしこにちりばめられていた。

その風土がぼくに与えた影響は計り知れなかった。

これまでの日本の都市とはまるで違う風景が広がっていた。

ぼくらが暮らす家の周辺には函館ハリストス正教会や二十間坂《にじゅっけんざか》、旧函館区公会堂、函館市旧イギリス領事館、旧ポルトガル領事館などの西洋の面影を残す建築物が林立していた。

教室の窓から津軽海峡が見えた。

函館山の中腹にそびえる中学校の窓から眺める穏やかな海原の先に、時々、青函連絡船《せいかんれんらくせん》の船影が見えた。

澄み渡る快晴の日には海の果てに青森の地が見えた。

この静謐《せいひつ》な光景や環境の記憶から、のちに『海峡の光』という小説が生まれることになる。

函館で多感な時期を過ごさなければ、あるいは作家、辻仁成は生まれなかったかもしれない。

それは我が母にも同じような影響を与えていた。

ある日、母さんを訪ねて何人かの女性がやってきた。

その人たちを前に、母さんはいつにもまして堂々と言葉を発していた。

女性たちは母さんのことを「辻先生」とか「恭子先生」と呼びはじめた。

「ひとなり、今日から母さんは先生になったとよ」

「なんの？」

「刺繍の先生だよ。だからたくさんの人が出入りするようになるからね。ちょっと迷惑をかけるけど、よろしく頼みます」

母さんは函館に引っ越した直後、ついに刺繍教室を自宅でスタートさせることになる。福岡、帯広で培ってきた人間力がまさに開花した時代であった。

あっという間に辻刺繍教室はやる気のあるお弟子さんたちで溢れかえった。

福岡の社宅のキッチンをぼくは思い出した。

ご近所の奥さんたちが毎日のようにそこに集まって料理をしたり、お花を生けたり、騒いだり。けれども、その時よりももっと賑やかになったのだった。

大きな変化はそれだけに留まらなかった。一番の変化は父さんに訪れた。

なんと、父さんは母さんの外出を許可したのである。

母さんはついにどこへでも自由に行ける身分となった。

母さんがボウリングをするようになって復調したことをうけ、父さんはなんとなく、母さんの外出を認めなければ、と気が付いたのであろう。

母さんは自由の身を勝ち取った。

父さんは母さんを独占することより、母さんが健康であることが大事だと思うようになった。

多少、外で遊びまわる方が健康でいられるということに気が付いたのだった。

生き生きと蘇った母さんの復活は、父さんの喜びでもあった。

そこで、母さんは函館に移ってすぐ刺繍教室をはじめることを決意する。

とくに宣伝などはしていなかったが、口コミだけであっという間に生徒さんが増えた。

母さんの本領が発揮される時代のはじまりでもあった。

母さんにはどういう魅力があったのだろう。

家にはひっきりなしに女性たちが集まってきた。

ぼくと弟が学校から帰ると、ペチカのあるリビングルームを、生徒さんたちが占拠していた。

しかも、この人たちは母さんに毎月お金を払っているというのだから、ぼくは驚いた。

彼女たちが支払う月々のお金のことを、月謝と呼ぶらしかった。

母さんが億万長者になる、とぼくは思った。お小遣いが上がると思うと買いたいものが頭の中から溢れ出てしまった。

「ひとちゃん、お帰りなさい」

見知らぬおばさんに声をかけられることが増えた。

「どうも、あの、どなたでしょうか？」

「あ、私はね、恭子先生に刺繍を習っている者です。先生のアシスタントをしています。おやつとか食べるなら、子供部屋に持っていきますよ」

こんな感じで、そこは自分の家なのに、どこかの研修合宿施設というのか、避難所というのか、キャンプ場というのか、とにかく家というよりも公共の場所であった。

ソファには座り切れず、床に座っている人もいたし、混雑している時はキッチンのテーブル席や客間の畳の上にもお弟子さんらが溢れていた。

誰もが丸い刺繍枠の中に刺繍糸を刺していて、背中は丸まり、お地蔵さんのように見えた。母さんはその一人一人の作業を覗き込み、きびきびと指導していた。

祖父、今村豊が大きな工場で社員たちを見回る時の絵と重なった。

もちろん、福岡の時と同じように、ただ技術を教えるだけじゃなかった。

元弁論部の母さんは一人一人の生徒さんたちの人生の相談にも乗っていた。

「先生、私、なんかうまくいかないんです。なにか理由はわからないけど、なぜ生きているのか、わからなくなる時があるんですよ」

こういう抽象的な問いかけが多かった。

すると母さんはステッチの仕方を丁寧に指導しながら、

「どうせいただいた命だからね、楽しく生きた方がいいですよ」

という風に優しく語りかけていた。

生徒さんは母さんが刺しているステッチに目を落としながら、その針や糸の動きに合わせて、耳を澄ましている。

「人間にはね、楽しく生きる権利があるんですよ。同じように死ぬ権利もある。その二つをきちんと噛《か》みしめて生きるとね、与えられた一生が尊いものとなります。たった一度の人生、くよくよ生きても、楽しく生きてもそれはあなたの自由だからね。私はこう思います。誰にはばかることなく、生きたらいいんじゃないかって。でしょ。せっかく権利があるんだから」

母さんはお弟子さんの顔を覗き込みながら、微笑んだりしながら、時々、その手を上から包んで針の抜き方などを優しく教えたりしながら……。

するとそのお弟子さんたちに笑顔がうつるのだった。

そういうやりとりが指導の間、あちこちで行われた。

中には刺繍を習うことよりも母さんに相談をしたいと言う人もいた。

母さんは一人一人と誠実に向き合った。

そして、それはいずれ一つの作品となって完結し、その達成感は、同時に女としての強い自信をお弟子さんたちに与えることになった。

だから、単なる刺繍教室じゃなかった。

どこか人生道場のような場所でもあった。

そういう話を聞きつけて、うわさが広まって、むしろ恭子さんに励まされたくて人が増えていったように思う。

「主婦だからって、我慢しちゃいけません。いいですか、私たちだって男たちと変わらない人間です。虐《しいた》げられても魂を放棄して奴隷になっちゃいけない。どんな時も毅然と生きていきましょう。苦しいこともありますよ。でも、負けないで。だって、負ける必要なんかないでしょ？　誰の人生ですか？　それはあなたの人生なのです」


母さんが慕われていることは嬉しくもあったけれど、増殖するお弟子さんが廊下にまで溢れるようになると、なにか言葉では言えない畏怖《いふ》を覚えるようになる。

そうだ、あの頃のぼくにはあの女たちの園が怖くもあった。

「おぼっちゃん、お帰りなさい」と知らない人に声をかけられるのも嫌だった。

さすがに子供部屋には誰も入ってはこなかったが、昼ごはんを食べに戻ってきた父さんもちょっと困惑しているようであった。

父さんは会社の裏に自宅があるので、いつも昼食は家で食べることになっていた。

もちろん、愛する母さんの顔を見に戻ってくるのである。

だから、昼時は刺繍教室はやっていなかったが、会社の裏に家があるので、父さんも疲れたら時間に関係なく、ちょっと母さんに会いに戻りたいわけだ。

汗かきだからよくシャワーを浴びに戻っていた。

でも、刺繍教室が盛況になればそれだけ父さんの居場所はなくなっていく。

自宅と会社の間にある駐車場で、父さんが腕を組んで、玄関を苦々《にがにが》しく見ていたことがあった。

家のドアは開ききっていて、玄関に入りきれない女ものの靴が外にまで並んでいた。

あの顔は間違いなく怒っている顔であった。

「ひとなり、中にどのくらいいる？」

「え？　たぶん、二十人とかはいるよ」

「まったく、これじゃ安らげないな」

父さんはそう言い残すと踵《きびす》を返し、会社に戻っていった。

その気持ちはぼくにもわかった。

学校から帰ると、大通りのあたりまで女性たちの笑い声が聞こえることがあったからだ。楽しそうだったから、それはそれでよかったのだけど、そこはもはや家ではなく集会所であった。

ぼくは外で靴を脱ぎ、おばさんたちの靴を踏みつけて中に入らないとならなかった。そういう時は、全部の靴をぎゅっと踏みつけて入ることにした。

父さんにはそういうことができないし、外面《そとづら》がいいので、主婦の方に挨拶《あいさつ》をされると鬼の顔が仏に変わった。

もしかすると、父さんはあの奥さんたちにも焼きもちを焼いていたのかもしれない。

でも、母さんはもう父さんの言いなりにはならなかった。

福岡で得た水、帯広で苦汁《くじゅう》をなめた経験から、彼女は近代の女に成長していた。母さんは自分が生きる道を堂々と主張しはじめていた。

或る夜、ぼくは父さんと母さんが言い合っているのを聞くことになる。

父さんの荒らげる声が聞こえたので、子供部屋のドアに耳を押し付け、父さんと母さんの口論を聞いた。

母さんが父さんにここまで強く自分を打ち出したのは、はじめてのことでもあった。

「私も生きているし、これからも生きていかないとならない。私はあなたのところに嫁《とつ》いだけど、それは奴隷になるためじゃない。あなたが私の人格を否定するならば、私は私を尊重してくれる人を探します。それでもいいんですね？」

父さんは少し酔っていて、最初は力強く、怒鳴っていた。

ここまで何不自由なくいい暮らしをさせているのに、その言い方はなんだ、という感じである。

でも、母さんはひるまず、堂々と言い返していた。

「私はずっと家の中に閉じ込められて生きてきました。遊びたい時期も外出を許されなかったし、子育てと家事だけをやって今日まで生きてきた。でも、私も生きているし、私も輝いて生きたい。お花を習い、刺繍を習い、木彫りを習い、それらの技術を身に付けた今、私は自立することも可能です。でも、あなたのためにできる限りのことはしてあげたい。ならば、その関係はフィフティフィフティでお願いします。頭ごなしに刺繍教室はダメと言われても納得できるわけがない」

「恭子、ぼくが君になにか不自由ないやな思いをさせたというのか？」

「いいえ。でも、私には長年自由がありませんでした」

「それは勘違いだ。東京に出ることもできたし、美味しいものを食べることもできたじゃないか。子供たちは健康に育っている」

「いいえ、東京に出たかったわけじゃないし、美味しいものは私が作ったのです。そして子供たちは私が手塩にかけて育てています」

そういえば、ぼくは父さんにおんぶをされたり、遊んでもらったりした記憶がなかった。父さんはいつも時間ばかり気にする、まさにモーレツ社員であり、仕事愛、会社愛の塊《かたまり》でもあった。

父さんの擁護をするならば、彼は真面目で正義感の強い人ということだった。

自動車事故にあったお客さんのためには日曜日であろうと出かけて行った。

「ひとなり、保険の仕事というのは、勧誘だけして終わりじゃない。保険に入ってくれたお客さんが事故や火災で困ってる時にこそ、私たちの実力が発揮されるのだ」

その責任感の強さが父さんの素晴らしいところだったし、きっと、母さんが唯一父さんを好きな部分だったのじゃないか、と思う。

ぼくはドアを少しあけて、リビングルームを覗いた。

弟も自分の部屋のドアの隙間から覗いていた。

「よく考えてください」

母さんは毅然と言った。

「ぼくは今、裏切りにあってるような寂しさを感じるよ」

父さんは苦虫を噛みつぶしたような顔で言い返した。

「私はただ、もう少し、私の人生を尊重してください、と言ってるだけです」

「尊重しているし、これ以上なにをどう尊重しろと言うのかわからない」

二人の言い合いは堂々巡りだったが、結局、母さんが押し切った。

父さんは、風呂に入る、と言って部屋を出て行った。

弟がぼくを見つけて、笑った。くそ、お前になにがわかるってんだ、ガキは早く寝ろ！

しかし、この夜を境に、夫婦の関係が逆転する。

父さんはその後、目に見えて衰退していく。

衰退という言葉は適切じゃなかったが、そうだ、人生に行き詰まるようになった。

それを如実《にょじつ》に物語る出来事があった。

ぼくが高校卒業をまぢかに控えていた時期のこと。

父さんはぼくを呼び止めてこう言ったのである。

「ひとなり、いいか。男は手に技術を付けた方がいい。いい大学を出ていい会社に入っても、それが素晴らしい人生になるとは限らない。母さんのように手に技術を付けることができたら、一生喰いっぱぐれることがない。一つの会社に自分の全人生を捧げるのは愚かなことだ」

この言葉はぼくのこころに強く焼き付いた。

それは父さんの敗北宣言でもあった。

同時に、それは父さんが一生をかけてぼくに伝えたかった最高のメッセージでもあった。

父さんはずっと出世街道を歩いてきた。

けれども、信頼する社長さんの不意の死によって、道が閉ざされた。

父さんはいい家臣だった。ずっとナンバー2だった。

だから、器用に方向を変えることも、上司を即座に乗り換えることもできなかった。

その結果、権力闘争に敗れ、窓際族になる。

この時の言葉はたぶん、それが確定した直後だったのじゃないか、と想像する。

しかし、ぼくは高校卒業とともに家を離れてしまったので、父さんの転落を知らない。

会社を信じ、会社のために働いてきた父さんの挫折《ざせつ》のドラマ、そして、他方、虐げられてきた母さんがどんどん輝いていく逆転劇を、少なくとも弟はしっかりと見ていた。

最近になって、当時の話を弟の口から聞く機会が増えた。でも、弟は静かにこう告げた。

「最高の父だったし、最高の母だよ」

ぼくが会社員にはならず手に職を付けて生きていこうと決意するのは、多分に、あの時の父の言葉によるところが大きいと思う。

弟も同じだった。

母さんはあの頑固一徹な父さんを封じ込めることに成功した。

というのか、父さんが最終的に母さんを応援したからこその成功だったと思う。

母さんの刺繍教室は父さんの理解を得て、ますます大きくなっていく。

次第に、最初は否定的だった父さんが母さんの実力に頭を下げるようになっていった。

それはまさに昭和という時代の終焉《しゅうえん》のドラマに重なった。

ぼくは母さんの良さを認めた父さんもすごいと思う。

でも、自分を信じて、どのような逆境であろうと妥協せず、人間の権利、個人の存在理由、女の強さを主張し、頑張り続けた恭子さんの勝利でもあった。

ひとなり。
自分が犠牲になってりゃこと荒立てないで済む、
とか甘いこと抜かしたらいかん。
自分が幸せになった時にこそ周りも幸せになれったい。
よかか、頑張った人が周りを牽引《けんいん》します。
だけん遠慮せんでよか。我慢するな、犠牲になるな。
まずは己《おのれ》の幸せ目指さんか。

母さんに叱られた理由

そういえば、一度だけ、ぼくは母さんに叱られたことがあった。
叱られたという表現よりももっと酷い仕打ちを与えられたのだ。それは軽蔑《けいべつ》であった。
たしか、中学三年生の終わりの頃のことだったと思う。
なにか、本当にくだらないことでぼくと弟は喧嘩をはじめた。
そして、ぼくは弟を殴ったのだ。
でも、弟は歯向かわなかった。ぼくにただ顔面を殴られていた。
すると、弟の前に母が立ちはだかった。
その時、ぼくの身長はすでに母さんよりずっと大きかった。
「気が済んだか」
と母さんは言った。

今までのような、どんな時にも冷静にふるまった母さんの声とは異なる。

その時の怖い形相を忘れることができない。

怒るというのを通り越して、軽蔑するような冷たい眼差しと、怒りに震える低い声であった。

「人を殴って気が済んだか」

と続けて言った。ぼくはどんどん部屋の奥へとおしやられていった。

「弟を殴って気が済んだのか」

ぜったい怒らない母さんが、はじめて怒った瞬間でもあった。

「兄と弟、お前たちはなにがあっても血で繋がった兄弟だ。この世界でたった二人きりの兄弟だ。でも、お前が上ではない。ただ2年早く生まれただけで、そのお前が模範を示さなければ、お前は弟よりも幼い存在になってしまう。兄として恥ずかしくないのか？

ひとなり、そのことを忘れるな」

弟はその時、なぜぼくを殴らなかったのだろう、と思った。

弟はぼくに一度も逆らったことがない。

きっとそれは母さんの助言のたまものであろう。

母さんが「力で返すな」と弟に教えてきたのだと思う。兄弟は力をあわせて生きていかなければならないのだ、ということを。

ぼくよりもずっとできた弟であった。


母さんは、暴力や差別や偉そうにする人間を嫌った。

同時に、そういう人間をも許すことをいとわなかった。

謝罪してきた人間はどんな事情であれ、それが本心であるならば、母さんはいつも許していた。

許すという行為が一番人間的な行為だからだ、と母さんはよく言った。

「ひとなり、いいか。どんな人間にも親がいる。どんなイジメっ子だって、母親とへその緒で繋がっていた。みんな泣いて生まれてきた。ミルクや母乳を飲んで育ってきた。ママ〜、と泣いていた。だから最後は許してやりなさい。許すという行為が一番人間的な行為だからだよ。人を憎むことや恨《うら》むことは悪い感情をお前の身体の中に生み出す。そういう気持ちはお前の身体やこころを蝕《むしば》む。人を呪ったりする人間には結局バチがあたる。恨み、妬《ねた》み、というのは邪気《じゃき》だ。邪気を生んだ人間はその邪気に滅ぼされる。だから、怒ってもその瞬間で終わりにしないとならない。恨みとか妬み、憎しみは人間を滅するエネルギーなんだよ。いいか、お前は正々堂々と生きなさい」

きっと、弟はこの教えを守っただけに過ぎない。

ぼくを尊敬していたわけでもなんでもない。

彼こそ、実は一番の母さんの弟子なのかもしれない。


そういえば、母さんはよくげんを担いだ。

なぜか、勝負の日には必ず「かつ丼」を拵えてくれた。

どこからそれがはじまったのかわからなかったけれど、気が付いたら辻家はいつも勝負の日は「かつ丼」と決まっていた。

ぼくが小六の時に北海道のアマチュア無線の電話級の国家試験を受けた時にも、朝から辻家は「かつ丼」であった。

勝負に勝つ、からきたげん担ぎだったのだろうが、たしかにぼくはその試験に合格した。もしかしたら、50年ほど前のことだから、北海道で最年少のアマチュア無線技士だったのじゃないか、と思う。

とにかく、試験とか試合とか重要な出来事の前には「かつ丼」だった。

高校入試の時も「かつ丼」だった。ぼくは函館ラ・サール高等学校と函館西高等学校を受験したけど、ラ・サールの試験の前に「かつ丼」を食べ忘れている。

いや、勉強などしたこともなかったのだから、食べていても合格するはずもなかっただろうが、ぼくはそれを「かつ丼」のせいにした。

不思議なことに、ぼくは母さんのこのげん担ぎ丼をいまだに食べ続けている。

大事なコンサートの時などには必ず「かつ丼」である。

かつ丼を食べた時は声がとっても出ていた、気がする。

「かつ弁当」じゃだめで「かつ丼」なのよ、と母さんは言った。

「ひとなり、人間は気合なんだよ。馬鹿にしちゃいけないよ。気合があればどんなこともだいたいは突破できる。でも、気合がないとそうはいかない。ここ一番の大勝負の時は、自分が出せる力以上のものを招きいれ、引き込むことが大事だ。『かつ丼』を食べる時には、勝つど～ん、とこころの中で唱えてから食べなさい。唱えるのはタダだからね。唱えないで恥ずかしがってるような人間が試合に勝てるわけがないだろ。勝負するというのは火事場のバカ力を出しきってこその勝利だよ。大事なことは気合だと母さんは言っておく」

ぼくは爆笑したけれど、でも、気合こそ人生のエネルギーだということは、よく理解できた。

ひとなり。どんな人間にも親はいる。
当たり前だが、それを忘れるな。みんなかつては
お母さんとへその緒で繋がっていた赤ん坊だった。
当たり前のことだが、それだけは忘れるな。
誰かと向き合う時、その人たちにも
先祖がいるのだ、と思い出せ。

今だ、今やれの法則

ぼくは、のほほんとした高校生活を送っていた。

とくに大きな目標もなかったし、相変わらず勉強も好きじゃなかった。

結局、塾に通ったのは1年か2年間で、長続きはしなかった。

だから塾をやめたとたん、成績も急激に降下してしまう。

函館に転校してからは、ますますなにもしない人間になっていた。

函館は北海道だが道南に位置し、海に面しているからか帯広に比べると穏やかな気候で、欧風の建築物が多く、夏はさわやかな風が吹き抜け、どこかアメリカの西海岸を思わせた。

アメリカに行ったことはなかったけど、勝手にそう思いこんでいた。

音楽は好きだったし、時間があれば漫画や詩も書いたが、でも、それで食べていこうとはまだ思っていなかった。

将来の目標や夢や未来図なんてものは、なにひとつ頭の中にはなかったのだ。

なんとなく過ぎていく毎日をぼんやりと生きていた。

近くに下宿があり、函館の郊外の森町《もりまち》とか大沼町《おおぬまちょう》あたりから出てきた学生たちが住んでいて、そこは不良たちの巣になり、よく麻雀とか、飲酒会とかをやっていた。

生活指導部の先生たちが抜き打ちで見回りにくるので、窓から飛び降りたり、先生に殴られたり、他校の生徒が殴り込みにきたり、とにかく青春ドラマの巣窟《そうくつ》であった。

ぼくもたまに出入りしていたが、でも、青春特有の刺激を求める生徒でもなかった。

タバコも酒も麻雀も一切やらなかった。

けっこう初心《うぶ》で女の子にモテたいという欲望さえ、まだ、なかった。

毎日、なんとなく学校に行き、意味のわからない授業を聞きながら、黒板の上の時計を見つめ、激しい眠気と闘って毎日をやり過ごしていたのである。

ある日、いつものように登校しようとしていると、母さんがぼくの前に立ちはだかった。

「ひとなり、お前は人生を無駄に生きてる」

いきなり、そんなことを言われてもぴんとこなかったので、噴き出してしまった。

「その若さをもてあまして、なにもしないでそのまま大人になるつもりか？」

「母さん、なにが言いたいの？」

ぼくは、そうだ、この頃から、ママではなく、母さんと呼ぶようになっていた。

「お前の生きる意味はなんだ？」

「学校に遅刻してしまうよ」

「かまわない」

「なに言ってるの？　学校に遅刻させる親がいるかよ」

「かまわない。人生に遅刻するくらいなら学校なんかやめてもいい」

その目が真剣だったので、逆らわないことにした。

「学校が好きなのはいいことだけど、学校に行くからには探さないとならない」

「なにを」

「自分を、自分の未来をだ」

「は、それ、今、言うこと？　あと15分で門が閉まるってのに」

「かまわない。走れば5分で間に合う。お前にはそういう緊張感がない。のほほんと生きてなにが面白い。お前には無限のチャンスがある。父さんはお前を自由にさせている。母さんはお前が今のような、優等生でもない、不良でもないどっちつかずのぼんくらでいるのが我慢ならないんだ。こんなにチャンスがあるのに、この大事な時間を無駄にしているお前が許せない。優等生になれないなら、函館一の不良になってこい」

「母さん、大丈夫？　そんなこと言う親はいないよ。そんなこと先生の前で言ったらいくら母さんでも叱られるよ」

「かまわないって言ってるだろ！」

母さんの気迫は凄かった。

「ひとなり、大人に叱られることを恐れるな。みんなと違う人生を歩くことを怖がるな。人と違う人生を生きることにびびるな。お前には若さがない。今のままだとお前は１００パーセント、ダメな大人になってしまう」

「５分前」

母さんはポケットから時計を取り出し、じっと見つめた。

「え？」

「あと5分で門が閉まる。走れ」

ぼくは慌てて飛び出した。余計なことを考える暇はなかった。

門の前には生活指導の鬼と言われている石井ガンズ先生が待っていた。

この先生は下宿の不良たちを投げ飛ばした武勇伝を持つ。

この人に睨まれたら、大変なことになる。

ところが門は閉まっていた。

そして、ガンズ先生が立ちはだかった。

「どうした、あ〜ん、辻」

「すいません。母さんに出がけにお前は人生を無駄に生きてると説教されてました」

「なんだと？　あ〜ん、それが遅刻の理由か？」

「優等生になれないなら不良になれと言われました」

そう告げると、ガンズ先生が近づいてきて、ぼくの頭を小さくげんこつで叩いて、

「お前、あ〜ん、部活は？」

と言った。

「入ってません」

「よし、今日から柔道部だ」

「は？　ぼくがですか？」

「気合をいれてやる」

ということでぼくは柔道部に入ることになったのだが、ガンズ先生は剣道部の顧問であった。あ〜ん？

柔道部員は五人しかいなかった。

三年生があまりに怖いので、二年生は全員退部していなくなっていた。

三人の三年生、二人の一年生、合計五人の弱小クラブだった。

「お前か、不良になりたいという新入生は」

キャプテンの高田先輩が言った。

「よし、俺たちが鍛《きた》えてやる」

ぼくはその日から柔道部員になってしまった。

あれはもしかすると、ガンズ先生と母さんが示し合わせた作戦だったのかもしれない。

母さんはぼくを本当は剣道部に入れたがっていたのだ。

剣道部の顧問であるガンズとなにか相談をしたのかもしれない。

辻のようなのほほんとしている人間は投げ飛ばされて鍛えた方がいいですよ、とガンズが母さんに知恵を付けた可能性がある。

ぼくは剣道部に入っても活躍できる人間じゃなかった。なぜなら、落ち着きがないし、だいたい、絶対、蹲踞《そんきょ》ができない。

でも、部員の少ない柔道部なら、仕方なく、居場所があった。

そしてぼくはその日から、毎日、投げ飛ばされる日々を送ることになる。

「辻ィ〜〜〜〜」

「ぎゃあああああ」

「どりゃあああああ」

「ぎゃあああああ、死ぬ〜〜〜」

母さんは、ぼくがくたくたになって戻ってくるのを、毎日楽しそうに待ち構えていたのである。

「ひとなり。宿題をやってから遊べ。苦手なものを先にやってから、楽しいことをした方が楽しいことに心置きなく没頭することができる。お弁当は苦手な野菜から食べて大好きなシウマイを最後に食べた方が完食できる。それが人生というものだ」

母さんはテキパキと生きることが好きな人だったから、だらだらしているぼくや弟を捕まえてはそういうことを言った。

「ひとなり、今だ、つねに今しかない。今すぐにやれ。今すぐに腹筋をやれ。今すぐにスクワットを100回やれ。あとでやるから、というのは本当に人間をダメにする。あとなんてないんだ、人生には。今だ、今やれ。今すぐにやれ」

このような言葉を耳にタコができるくらい聞かされた。

そのうち、ぼくは「今だ、今やるぞ」という人間になった。

作家になって、ぼくは締め切りを誰よりも守る作家になった。

作家生活30周年の年だが、一度も締め切りを遅れたことがない。

週刊誌の『女性自身』でもう10年も連載をしているが、一度も遅れたことがないばかりか、中には締め切りの一月前に書き上げていることだってある。

これらの教訓は母さんからの受け売りであった。

「ひとなり、依頼されたらすぐに仕上げてしまえ。そうすればお前には時間が与えられる。その時間でまた別の作品と向き合えばいい。人生が二度美味しくなる」

作家になったばかりの頃にも言われた。

変わらないな、と思った。

時間を無駄にしないというこの徹底的な教えがぼくの人生を支えてきた。

小説家なんてノルマもないし、上司もいないし、タイムカードもないので、怠《なま》けようと思えばいくらでも怠けられる職業なのである。

そこで、母さんはぼくが作家になった時に、依頼されたエッセイなどの仕事を午前中にやっつけるように、とアドバイスをくれた。

そして、午後は書下ろしの小説に向かえ、と。

しかし、この素人のアドバイス以上のアドバイスはなかった。たしかに！

ぼくはそれを今日まで徹底して貫いているのである。

母さんは時間を有効に使える人間こそが一生を豊かに生きることができるのだ、と信じて疑っていなかった。

そのためには毎日きちんと6時間から7時間眠れなければならない、と言い続けた。

「7時間きちんと寝ている人間はつねに毎日自分をリフレッシュできる。昨日の疲れを残さず、新しい一日を過ごすことができる。でも、短い睡眠だと疲れが残り、今日を無駄にしてしまう。結局、規則正しい生活や睡眠には敵わないのだ」

長期のビジョンよりも、毎日をどう生きるかだけを考えてそれをこなすことに尽力しなさい、と母さんは言った。

未来ばかり描いていると今が疎かになり、結局、未来に手が届かなくなる。

今、この瞬間を疎かにしないで生きると、未来が良くなり、未来が良くなれば人生そのものに価値が付くので、結局はダメだった過去も引っ張り上げられる、と言った。

この時間に関する概念はぼくに大きな影響を与えた。

苦しい過去や、果てしない後悔に苛《さいな》まれていると、今日が疎かになり、結局、未来もダメになる。

だから、そういう時は苦い辛い悲しい過去は一旦忘れて、今を頑張る。今を一生懸命、集中してわき目も振らず努力をすれば、結果、未来が良くなる。未来が良くなればその人生自体が評価され、結局、後悔や苦しかった過去は未来を支えるための経験に過ぎなかったことになるのであった。

「ひとなり、今だ。なにを後悔している。今だ。なにを優越している。今だ」

と叫んだ。

うぬぼれている時にも、有効な金言であった。

ひとなり。遊んでから宿題やるより、
宿題やってから遊びなさい。
まずやるべきことをやってから好きなことをした方が
人生は有意義になる。これは一生通じる法則ったい。
まず苦手なものを元気なうちにやっつけろ。
あとが楽になる。
今だ、今のうちにやっとけ。

高校はまさかの柔道部

柔道部の先輩たちは怖い人たちだったが、彼らから学んだものは大きかった。

ぼくはくりくりの天然ヘアーだったが、柔道部に入るとすぐにスポーツ刈りにした。

前髪をちょっとだけ伸ばして、リーゼント風のスポーツ刈りにして気合をいれた。

昔から、ぼくは恰好《かっこう》から入る人間であった。

放課後、ぼくは裸足《はだし》で函館《はこだて》護國神社《ごこくじんじゃ》まで走った。

同年代の部員には、かつてアメリカで弁護士をやっていた中村勉《なかむらつとむ》がいた。

ぼくらは晴れた日も雨の日も台風の日でさえ、二人でアスファルトの上を走った。

護國神社の境内で、大きな木に帯を巻いて、それを相手に背負い投げの練習に明け暮れた。まるで漫画『柔道一直線』のような日々でもあった。

ぼくが今こうして粘り強く日々創作に向かえるのはこの柔道のおかげだと思っている。

ぼくが柔道部にいたと言うとたいていの人は、うっそ〜、と大騒ぎする。

でも、道南大会などに出場して勝ったこともある（だいたいは負けていたけど）。

ぼくより頭一つ大きな選手を失神させたこともある。


ぼくと同じくらいの小柄な先輩がいた。

木村先輩がよく口にしていた「柔《じゅう》よく剛《ごう》を制《せい》す（小さな者が大きな者を投げ飛ばす）」がぼくの座右の銘となった。

帯広でサッカー部の連中にボコボコにされた時、自分を守れるのは自分の力しかない、と気づかされた。

それを実践するための柔道でもあった。

「辻、でも、それは違うぞ。お前は間違えている」

木村先輩がぼくをたしなめた。

「柔道を続けていけばわかる。勝つことよりも負けないことを知ることが大事なんだ。大きな奴にも負けない自信がついたら、大きい奴に喧嘩を売る必要もない。堂々としておけばいいんだよ。俺を見ろ。昔はよくやられていたけど、柔道をやって有段者になり、自信がついたら、もう誰も近寄ってこなくなった。強くなるということは人を近づけない気迫を持つということで、喧嘩を売ったり買ったりすることじゃない」

高校一年生の頃は真面目な柔道部員を続けることができた。

太っていた体躯《たいく》も厳しい稽古のせいでぎゅっと引き締まった。

毎日投げ飛ばされていたので、戦うことにも慣れてきた。

一度、ボンタンを穿いた、たぶんシンナーとかやっていそうな不良たちに十字街電停で囲まれたことがあったが、彼らはぼくを殴ることも、触れることさえ、できなかった。

自分でも驚くほどぼくは俊敏に動くことができたし、怖いという気持ちにならなかった。

中学の時にボコボコにされた時のことを思い出した。

あの時は相手のこぶしが見えなかった。

でも、今は見える。

殴りつけてくる相手のこぶしの先がよく見えた。

こちらから技をしかけたりはしなかったが、彼らはぼくを殴ることができず、逃げ出してしまった。

木村先輩の言葉を思い出していた。

強くなるということは人を近づけない気迫を持つということで、喧嘩を売ったり買ったりすることじゃない。

他校の不良たちが西校を攻撃しにきたことがあった。

その時、ラグビー部や柔道部の先輩たちは裏山に逃げたのだ。

「なんで逃げるんですか?」

と血気盛んな一年生たちが憤った。

すると、高田先輩が一言冷静な口調でこう言い返した。

「喧嘩をしたら、試合に出られなくなる。スポーツマンというのは、その力を会場でこそ出すべきなんだ。人間にはそれぞれ、本来戦う場所がある」

この言葉にはしびれた。

母さんがかつて中学生だったぼくに言った言葉を思い出した。まったく、同じだった。

逃げるが勝ちという戦い方なのであった。

それにしても母さんは誰よりも逃げない人だった。
つねにポジティブに前向きに人生に向かっていく女であった。
函館に移り住んでからの母さんの快進撃は破竹の勢いであった。
刺繡教室は大盛況、もう、幽閉の身分ではなかった。
だからといってちゃらちゃら出歩く女性でもなかった。
家を愛し、家を自分のベースにした。
母さんの人柄が多くの女性たちのこころを動かし、共感を誘っていたのだ。
誰もが恭子さんの傍にいることが嬉しくてしょうがないようであった。
なにか、とてつもない安心感があるのだ。

そんなある日、お弟子さんの一人が母さんに助けを求めてきた。
その人はご主人とうまくいかず、しかも家庭内暴力を受けていた。

お弟子さんたちが帰った後、母さんはその人を残して、向かい合った。

ぼくは気づかれないようにこっそり、二人の会話に耳を傾けることになる。

「いいですか、大事なことを言います。よく聞いてください」

母さんは少し若いそのご婦人に向かって告げた。

「私たちは誰かの踏み台になってはいけません。自分が幸せになることを最初に実践してください。力であなたの人生を脅《おど》かすような人とは別れた方がいい。あなたのことを人間として尊敬しない相手と一緒に生きることは良くありません。ましてや暴力をふるう人間と同じ屋根の下で生きていくなどできません。あなたは女である前に、人間なのです」

女性は泣きながら母さんの声に縋《すが》っていた。

「必要ならば、私がご主人に話をしてもいい。必要なら一緒に警察に行くこともできます」

その後、どのようなことがその人の身に起きたのかわからなかった。

経過はわからないが、その人は数か月後、教室の輪の中にいて、笑顔を取り戻していた。

旦那さんと別れたのか、なにが起こったのかはわからなかったけれど、母さんの助言が功を奏したことは間違いなさそうだ。

その人だけじゃなく、大なり小なり、人間にはみんな苦悩というものがあった。

とくに高度経済成長期の日本で女性たちはまだまだ虐げられていた。

その声に耳を傾け、母さんはお弟子さん一人一人と向き合い、寄り添った。

それは親身になる、ということであった。

親身という言葉は字の通りであった。

ぼくや弟を導くのとなんら変わらない感じでこころの底から人々と向かい合っていた。

そういう強い絆が、辻刺繡教室にはあった。


生徒さんたちは「恭子さん、恭子さん」と母さんのことを親しみを込めて呼んだ。

この人がもしも早くから外の世界に飛び出していたら、もっと高い教育を受けることができていたら、いったいどういう表現者になっていたであろう。

でも、その母の才能はやがて、彼女の教えと共にぼくの中に染み入ってくることになる。

「ひとなり、いいか、人を動かすのはお金じゃない、こころだ。人間というものはお金で動いたふりをするけど、本当はこころでしか動いちゃいないんだ。歴史が証明している。

力で君臨した王様の最後は悲惨なものだよ。自業自得というものだ。結局、人間は暴力やお金では動かない。一瞬は動くけど、それが本心じゃない。凛々しく嘘のない綺麗なこころにだけ人は反応する。そのことを忘れてはいけませんよ。お前が人の中で仕事をしたいなら、多くの人のこころを摑みたいなら、嘘のないまっすぐなエネルギーで人々の中に入っていくのがいい。人情や情熱がなければ人は見向きもしないよ」

とはいえ、幼いぼくには母さんが語る人情や情熱の意味などわかろうはずもなかった。

ひとなり。生きたらよか。
今日も精一杯生きたらよか。
誰はばかることなく生きたらよか。

人生の転機について

高校に入ったばかりの頃は柔道に邁進《まいしん》したが、その頃、同時期、ぼくは他校の生徒たちとバンドを結成している。

そして、音楽にのめり込めばのめり込むほどに、柔道との二足の草鞋《わらじ》が難しくなっていった。

それでもぼくは柔道の稽古だけは真剣に続けた。

しかし、高校二年の春に大きな転機が訪れる。

ぼくを大きく音楽へと傾斜させた出来事があった。

父さんの会社が函館の中心部へと引っ越すことになり、その空いた会社にぼくが移り住むことになったのだ。

天井の高い、ロフトのようなその建物に住むよう勧めたのは他でもない母さんであった。

「ひとなり、これはまたとないチャンスだ。普通、若者が一人、こういう場所に住むことはできない。でも、家が裏にあるし、この建物の管轄者は父さんだし、いや、誰も使う予定がないんだ、そもそももったいない。母さんが頼んであげるから、お前はここをアトリエ兼住居として使えばいい。ここでお前は音楽や詩や様々な創作をやればいいんだ。母さんが父さんにかけあってやるから」

「アトリエ？」

「ああ、ものづくりの作業場のことだよ」

にわかに信じがたい話だったが、それはあれよあれよという間に実現へと向かった。

頭の硬いモーレツ社員だと思っていた父さんまでもが、それはいいアイデアだ、と許可してくれたのである。

ぼくはそこにベッドや机を運び込み、ギターやアンプを持ち込み、暮らしはじめた。

考えてみれば、その元事務所を自分の刺繍教室にすればもっと多くのお弟子さんを集めることができたし、ビジネスにもなったはずだが、母さんは真っ先にぼくをそこに住まわせた。

そこを根城《ねじろ》にして才能を伸ばせ、と言った。

その才能がなにかさえまだわかっていない息子に、である。


ぼくは仲間たちと本格的にバンド活動をはじめることになる。

当然、柔道に専念することができなくなり、中村勉と揉《も》めてしまった。

「辻、中途半端にやってると勝てないぞ」

「ベン、俺、ミュージシャンになりたいんだ。柔道は続けたいけど、どうしてもプロになっていつか武道館でライブをやってみたいんだよ」

「武道館だと、なに、そんな夢みて〜なこと言ってんだ」

「夢じゃない。叶《かな》えたいんだよ」

この会話は母さんともやった。まったく同じようなやりとりだったが、結末が違っていた。

「すぐにやりなさい。ためらう必要はない。柔道はいつからでもはじめられるけど、音楽は若い今しかできないものがある。母さんにはわからないけど、今しか歌えない歌があるし、今しか作れない歌詞がある。プロでやりたいなら誰よりも早くスタートを切ることだ」

ぼくは中村勉には申し訳ないと思ったが、母さんのアドバイスを信じることにして、高校二年の秋、柔道部を退部した。

退部すると同時に、アトリエでの活動が本格化していく。

まず、詩人崩れの若者たちを集めて詩の朗読会をやった。

演劇の物まねのようなこともここでスタートさせている。

小説の朗読、実験演劇、映画の撮影など、それはまさに今のぼくを生み出すすべての基礎を築く場所となった。

母さんがお弟子さんたちを引き連れて部屋を覗きにきたこともあった。

拾ってきた椅子とかドラム缶とか廃材とかで小さなステージを作った。

スタジオのようであり、ライブハウスみたいだし、小さな劇場のようになっていた。

「いいじゃない。どんどんやりなさい。こんな経験、私もしたかった。でも、今、お前がこんなことをやれているのは、父さんのおかげだということも忘れないこと。ああ見えて、父さんがお前の未来を支えてこそ、お前は自由に生きることができるんだ」

「わかった。ありがとう」

のちに、ミュージシャン、作家、演出家になるぼくの、その最初の実験室のような場所が宝来御殿であった。

「宝来御殿」（宝来町にあったからである）と名付けたぼくのアトリエには函館中から、いや、遠くは札幌や旭川から若いミュージシャンや詩人たちが訪ねてくるようになった。母さんはそういう仲間たちにサンドイッチやチャーハンを拵えて差し入れてくれた。時には「かつ丼」も届けてくれた。

その仲間たちの中にはものすごくいい人間もいたけれど、ダメな連中やおかしな思想にかぶれた者も交じっていた。

一度、東京で活躍する年長のハードロックバンドが遊びに来たことがある。

1975年とかそんな時代に、長髪で、ロンドンブーツを履いて、中には髪の毛を赤く染めている人もいて、サイケデリックなファッションの四人組であった。

しばらくして、母さんが飛び込んできた。

近所の方が心配をして、母さんに言いつけたのである。

母さんはグラムロックな青年たちをじっと見つめた。

四人も母さんと対峙した。その間、数秒、ぼくはちょっとドギマギしてしまった。

けれども母さんはすぐに彼らのこころを見抜くことになる。

「いらっしゃい。ようこそ。ゆっくりしていってね」

母さんは彼らを大事な客人として招き、なんと「かつ丼」を五人前拵えて差し入れてくれたのだった。

この四人は翌年、インディーズながら東京でデビューを果たしている。

そのリーダーがぼくに、こう告げた。

「君はあんな理解のある、かっこいい母さんを持って幸せ者だなぁ」

彼らはぼくにロックの基本、8ビートを教えてくれた。

そのリズム感がぼくの生き方を決定することになった。

背負い投げの練習よりも、今はこの8ビートにのめり込む方が大事だ、とぼくはその時に思った。

宝来御殿には弟に買わせたドラムセットがあった（この件で弟はいまだにぼくを詐欺師

呼ばわりする。ふん、練習しないお前が悪い！）。

ギターとベースもあった。ヤマハの小さなボーカルPAもあった。

四人はぼくの前でレッド・ツェッペリンの「移民の歌」を演奏した。

それは驚くほどに不穏なビートとメロディであった。

窓ガラスが振動で揺れ、ぼくの鼓膜をひっかいた。

縦に揺れるギターのリフを縫うように、ハイトーンの英語のメロディが鼓膜を突き刺した。

ぼくは卒倒しそうだった。

1970年代の函館での出来事である。


母さんは宝来御殿に出入りするへんな恰好の若者たちを寛容に受け入れた。

でも、同時に厳しくチェックもしていた。ただ、否定はしなかった。

「いろいろな人間がいるからね、なんでもかんでも影響を受けないで、よく見抜けよ」と言うにとどめた。

金を借りにくるような人間もいたし、そういう連中にだまされたりもした。

貸したレコードを返さないでいなくなった奴や、でも、中には物凄い才能を持った連中もいて、彼らのいい演奏を聴けたり、いい小説を教えてもらえたり、出会いもあったり、そこは学校では経験できない人間の本質と出会う経験の場となった。

そして、ぼくはそこで、函館で、宝来御殿で、一人暮らしの醍醐味《だいごみ》とロック的な生き方を身に付けることができたのだった。

ひとなり。友達が成功した時、自分のことのように
嬉しかったらその友達は親友だよ。
でも、めっちゃ悔しかったらその友達はライバルだよ。
しかし、親友も大事だがライバルも重要な存在だ。
めっちゃ悔しいけど、俺も頑張ろうと
その風に乗れる人間になりなさい。

母さんとは何者か

ぼくが大学生になる年、父さんは東京本社へと転勤が決まった。

そして弟と母さんは函館に残ることになる。

ぼくが母さんと一緒に過ごしたのはこの年、高校三年生までということになった。

ぼくは父さんと東京の郊外、田無市へと移転した。

家族がバラバラになり、その時期からぼくは母さんの金言をもらうことが極端に減っていく。

しかし、母さんの快進撃は続いたようだ。

その様子は弟からの電話などで知るようになる。

母さんは戸塚刺しゅう協会でも重要なポストを任せられるようになり、全国で開かれる個展での評価も高く、とくに彼女の薔薇の刺繡は人気を博し、「薔薇の辻」と呼ばれるようになった。

お弟子さんの数は増え続け、家の外でも刺繡を教えるようになる。

同じ頃、父さんは窓際で仕事をするようになっていた。

明暗を分けたこの夫婦の愛について、ぼくはあまり多くを知らないが、親戚の人やお弟子さんたちからのちに聞いた話では、父さんは死ぬまで母さん一途だったらしい。

でも、母さんはそれがちょっと嫌だった節もある。

母さんが父さんをこころの底から褒めた言葉を聞いたことがないし、母さんが父さんといちゃいちゃしたところを見たことがない。

父さんは母さんをずっと自分の腕の中で抱きしめていたかったのだろうが、母さんはきっと、外出制限をされ続けてきたトラウマがあったのかもしれない。

どういう夫婦関係だったのか、しかし、長男ではあるけれど、二人の愛の関係についてはよくわかっていない。

このことはむしろ、ずっと母親の傍で生きている弟の方が詳しいだろう。

でも、弟は語らない。

それは二人の問題なので、ぼくも深入りするつもりはない。

母さんは幼い頃、お花を習っていた。料理は独学だけれど、洋食を主婦の人たちに教えるようになり、福岡で戸塚刺しゅう協会の門を叩き、帯広では木彫りの技術を習得し、ボウリング大会に出るようになり、函館で刺繡教室をはじめ、再び福岡に戻ってからはまず欧風陶芸をはじめ、40歳を過ぎてから社交ダンスをはじめ九州の大会に出るようになり、戸塚刺しゅう福岡支部長となり、四半世紀前からは洋陶芸の教室を弟と開き、毎年福岡の大丸などで個展を開催している。いい意味で独占欲の強かった父に外に出ることを制限されてきたことが彼女にこういう生き方を与えたのだということもできる。

時代はずっと後のことになるが（ぼくが大学生になった以降のこと）、父さんより母さんの方が強い立場になると母さんはようやく家を出て社交ダンスをはじめることになった。たぶん、外の世界へ自ら進んで出るようになるのは、ボウリングに続いて二度目である。

この社交ダンスはまったく違う意味で夫婦の立場の逆転を意味していた。

なにせ、踊る相手は父さんじゃなく、別の殿方なのだから……。

その頃、父さんは、母さんのダンス大会を見に行くようになっていた。ぼくはそのことを弟から電話で聞かされ、相当に驚いた記憶がある。

「どういう気持ちで父さんは、母さんが別の紳士たちと踊るのを観てるの？」

「さあ、知らない。でも、すらっと背の高い男性と踊る母さんはなかなか様になっているし、十分に父さんを不快にさせる光景だと思うな」

「なにか複雑な気持ちがするけど、しゃ〜ないな」

「あにき、これは仕方がないよ。ただ、父さんのことを思うとちょっと胸が痛む。父さんはどんな思いで客席から眺めているのか、ぼくにもわからない」

ぼくらは笑った。

でも、笑いやむと、しばらく黙って、それぞれ、こころを痛めた。

父さんも結局は愛すべき人なのだ。

不器用で、一生母さんのファンで、でも、母さんを支配することができないことをその年齢で悟らなければならなかったのだから、ちょっとだけ、哀れでもあった。

母さんの言葉をぼくは思い出す。

他人の踏み台になるな。リスペクトされていないならば、その人の前から去れ、とかつてぼくに言ったことがあった。

「すらっと背の高い紳士と踊ってるのか」とぼく。

「うん、映画俳優のような」と弟。

「もう、考えるのはよそう。父さんには無理だ」

「なにが?」

「社交ダンス」

ぼくらは、クスっと笑いあった。

すらっと背の高い紳士の腕の中で美しく着飾った母さんがステージの上で踊るのを観ていなければならない肩身の狭い父さんの背中が見えた気がした。

ぼくは父さんと話をしたことがほとんど記憶にない。

おんぶされたり一緒に遊んだりした記憶は皆無だ。

一度か二度キャッチボールを教えてもらった記憶しかない。

でも、自分の父親だから、嫌いじゃないし、仕事に向かう姿勢は男らしかった。

けれども、母さんからはこの本が一冊書けるほどのことを教わった。母さんがいなければ今のぼくも弟もいなかったかもしれない。

ものを考えること、なにか違うと気づく力、そして、どう生きることが人間らしいのか、それらをわかりやすい哲学のように教えてくれた母さんは尊敬に値する。

母さんは差別を嫌い、ジェンダーの差で人を区別しなかったし、もっと大きな高いところから人を見ていた気がする。

特定の宗教を持たない人だったが、彼女が尊敬し続けてきたのは祖父、今村豊《いまむらゆたか》であった。

むしろ母さんは祖父だけを信じていたようにも思う。

ぼくも祖父を尊敬している。

祖父から母へ、母からぼくへ受け渡されてきたものがなにかを探すのが、ぼくの活動の根本にあったような気がする。

それは人間の平等というものじゃなかったか、と思う。

今ぼくはフランスで暮らしている。この国のおなじみの標語は自由（Liberté）、平等（Egalité）、博愛（Fraternité）である。

ぼくは少なくともこの三つを母さんから教え込まれてきた。

だからか、その結果、ぼくはフランスにたどり着いたのじゃないだろうか。

この標語はフランス人の思想の中心にある。

アメリカとよく比較されるけれど、アメリカ主義の中にある自由や平等や博愛とフランスのとは根幹が異なっている気がする。

アメリカを批判するわけじゃないけれど、フランスで生まれた自由はちょっと違うのだ。

あれだけのテロが起こっても、露骨な人種差別は起こらない。

もちろん、細かいことで諍《いさか》いはあるけれど、でも、世界的に見てもぼくはフランスは平等な国だと思う。

母さんから受け継がれたこの精神をぼくは今、自分の息子に伝えようとしている。

すると息子はこう言うのだ。

「パパが言ってることはすべてフランスの精神だからね」

つまり、母さんは無意識のうちにこの自由、平等、博愛の精神を持って生きた昭和の女だったということになるのじゃないか。

母さんがジャンヌ・ダルクと重ならないでもない。

そうだ、時代が時代であったならば……。


ぼくが高校を卒業し、大学受験のために東京に出ていくタイミングで父さんも一緒に東京転勤となった。

弟がまだ高校生だったので彼が卒業するまで母さんは弟の傍に残ることになった。

自然、辻家は二分することになる。

残念ながらこの時期のことはつねひさからしか聞いていないが、それから2年後、母さんが函館を離れる最後の日がすごかった。

主要なお弟子さんたちが別れを惜しんで、狭い辻家で一緒に雑魚寝《ざこね》をしたのだとか、その数は百人を超えている。

「あにき、大変だったよ。あんな光景は見たことがない」

ぼくは想像するしかできなかったが、段ボールが積み上げられた部屋の空いてるスペースに毛布などを持ちこんで母さんを中心に女性たちが円を描くように寝ていた、というのだから。

それはもはや信仰であった。


ぼくはその後、東京でバンドを結成し、大学を中退し、プロのオーディションに応募し、まずソニーオーディションで優秀アーティストに選ばれ、デビューを果たす。

音楽活動の傍《かたわ》ら、小説を書き続け、応募したすばる文学賞で作家デビューも果たした。

ぼくの横にはつねに母さんの金言があり、その言葉が己惚《うぬぼ》れようとするぼくをたしなめた。

ぼくはもっと自分の上を目指したいと思うようになっていく。

ぼくは生きている限り自分の限界を試してみたいと思うようになった。

その一つ一つの節目の時に、母さんに電話したりはしなかったが、けれども、つねに、それまでにもらっていた母さんの言葉がぼくに指示を出してきた。

芥川賞を目指したいと思った時、こころの中の母さんが、ならば今すぐに目指せ、と言った。今しか書けないものがある、今しかできないことがある、と言った。

「ひとなり、誰の人生だ。誰の人生たいね。うじうじ悩んでいる時間がもったいなか」

この一言がぼくの尻を叩くのだった。


それから10年ほどの歳月が流れた。

ぼくは二度目の芥川賞の候補になっていた。

そこでやっとこさ母さんに電話をかけることになる。

虫の知らせというのか、本当にここは連絡をしないとならないと思った瞬間でもあった。

「芥川賞の候補になった」

「そうね、よかったたったたいね。で、いつね、その選考会」

「来月の中旬だよ」

正確な日時を伝えると、母さんは面白いことを言った。

「それはおじいさんの命日ったい。今村豊の三十三回忌」

「そうなんだ。偶然だね」

「三十三回忌で人間の魂はこの世界から離れる。おじいさんがお前のために力を貸してくれる最後の瞬間ということになるったい」

そこでいきなり電話は切れた。

それから二日後、今度は母さんから電話がかかってきた。

「ひとなり、選考会の一週間前、大野島で一週間早めておじいさんの三十三回忌をやることにしたったい。必ずきんしゃい」

スケジュールは塞《ふさ》がっていたけれど、なぜか、これは行かないわけにはいかないと思った。

年が変わり、1997年の一月、ぼくは20年ぶりくらいの大川にいた。

大野島の勝楽寺《しょうらくじ》というお寺さんに到着すると母さんがぼくを待っていた。

「よくきた。じゃあ、行くか」

「どこにお墓があるの?」

「墓はない。あそこにおじいさんがおる」

勝楽寺の本堂から離れた敷地のはずれに小さなお堂があった。母さんに連れられてそこへと向かった。

驚くべきことに狭いお堂の中にびっしりと親族たちが座している。

全員正座をし、正面を向いていた。ぼくが到着すると、母さんが、

「ひとなりがきました」

と告げた。母さんの兄や親戚の人たちがぼくを振り返った。

みんな笑顔であった。

ぼくはその中心に座らされた。

横に母さんがいた。

「どこにおじいさんのお墓があるの？」

「目の前におるやろ」

「どれ？」

母さんはお堂の正面に鎮座する白い大きな仏像を指さした。座像であった。

「この骨仏《こつぶつ》の中におじいさんは入っとらす」

「骨仏？」

母さんが小さな声で教えてくれた。

祖父は戦争中に人間の平等を唱えるようになり、浄土真宗の高僧となった。

この小さな島で生きて死んだ先祖たちの骨を使って、この骨仏を作ったというのだ。その数は数千柱に上る。

そして、完成した日に、祖父は命尽き、自分もそこに入ることになった。

「なぜ？」

とぼくは驚き声を張り上げた。親戚の人たちがぼくを振り返った。

母さんと同じ顔をしていた。

「それは手を合わせてお前が自分で訊いたらよかったい。おじいさんがお前に教えてくれるやろ」

ぼくの番になり、ぼくは骨仏の前で手を合わせた。

するとぼくの目の前に数えきれないほどの先祖が立ち現れ、彼らは光りの中で微笑んでいた。

ぼくは圧倒されてしまった。

たぶん、芥川賞のことや、家族のことなどをお願いしたと思うけれど、その時の温かいぽかぽかする驚きだけがぼくの中に残った。

詳しいことは拙著『白仏』に譲るが、その翌週、満月の日に、ぼくは受賞することになる。

母さんに報告の電話をすると、

「おじいさんに感謝しなさい。先祖に感謝しなさい」

と言った。

もちろん、ぼくは母さんに一番感謝をした。

こうしてぼくがこの星でいまだ生きていられるのは母さんのおかげでもあった。

あれから20年ほどの歳月が流れている。

大きな頭の手術などを乗り越えて、母さんは84歳になった今も元気で福岡で暮らしている。

来福するたびにぼくは母さんと会っている。

昔に比べるとおばあちゃんになったし、手術のせいもあるのか物忘れも酷い、それでもまだ背筋は伸びているし、気合は十分だ。

「ひとなり。よかか。人の踏み台になるな。敬意のない人間と仕事をしてはならん。お前も付き合う人たちには敬意をもって向き合え。お互い尊敬しあった時に人間は伸びるし、成功は訪れる。リスペクトのない人間関係は続かない。よかか、誰のための人生だ、と思え。それはつねに自分のための人生なんだ。自分が幸せにならなければ人を幸せにすることはでけん。誰かを幸せにしたいなら、まず自分が幸せになれ。幸せは人に伝わっていく。その結果、この世界は緑に包まれるったい」

ひとなり。死ぬまで生きなさい。
どうせ生きるなら楽しく生きなさい。
与えられた一生はお前のものだから、
お前には自分の人生を楽しく生きる権利があるとよ。
死ぬまで精一杯生きなさい。たった一度の人生やけんね。
誰にはばかることなく、生きてよかとよ。

あとがき

母と出会って60年が過ぎたことになる。

どんな母だったのかということはだいたいここに記《しる》したけれど、なんというのか、絶対にひるまない、九州の強く優しい女であった。

本が書き上がって、弟に電話をした。こういう本を出すんだけど、と伝えると、いいね、それは母さんの夢だったからね、と言った。

実は母さんは何度も刺繡の本を出版したいと思って動いていたけれど、そのためにプロに依頼して作品の写真撮影まで行ったというのに、なぜか実現しなかった。

ぼくがその時、出版社と掛け合えばよかったのだけど、「ひとなりは忙しいから邪魔したくない」と弟に言っていたらしい。ぼくへの相談はなかった。

もし、若い頃に『薔薇の辻恭子、作品集』が出ていたら、母さんはもっと活躍できたのかもしれない。

でも、こうしてぼくが母さんの半生を書くことになった。

まだ母さんが元気なうちに出すことに意味があると思った。

実はぼくは母さんの旧姓、今村恭子《いまむらきょうこ》名義で三冊の小説を発表したことがある。

母さんが今の時代に生まれていたらどんな作家になっただろうと思ったのがきっかけであった。

海竜社の編集者さんに相談をし、ぼくが母さんになりきって書いてみたいと申し出たところ、なぜか、面白がってくださり、『月族1　プラリネの物語』、『月族2　ルーンの物語』、『月族3　トマの物語』が上梓されることになる。

単行本の時は装画をあの天野喜孝《あまのよしたか》氏が引き受けてくださったが、出版から十年以上、ぼくが本当の作者であることは伏せられてきた。

実は、この小説、海を渡って、台湾でも出版された作品であった。

でも、ぼくは母さんにこそ小説を書かせたかったのだ。

だから、ぼくは母さんになりきって書いた。

そして、月族は多くの読者に受け入れられた。

編集部に届いた感想文を読んで泣きそうになった。

「恭子さん、ありがとうございます。頑張って生きてみます」

こういう内容が多かった。

実はこの作品を書いた頃、母さんは頭のど真ん中の血管が破れ、生死の境を彷徨《さまよ》っていたのだ。

ぼくが母さんになりきることで、母さんをこの世界につなぎ留めたいという思いもあった。

それは祈りであった。

月族というのは、そういう魂で繋がった一族の物語なのだ。

何千年もの前からこの星に生き続けている一族の物語なのである。

母さんは今、弟と福岡市内で暮らしている。

四半世紀ほど前に、ぼくが母さんに小さなマンションを買った。

当時は父さんも生きていたが、十数年前になくなり、独り身になった今は弟とそこで二人暮らしをしている。

このコンビがなかなかに面白い。

でこぼこコンビというのか、母さんには弟のクールな愛がちょうどいい。

本当はぼくなんかよりも弟の方が母さんのことをよく知っている。

でも、こうやって離れていたからこそ、思い出せる出来事もあるのだ。

50歳の誕生日の時、仲間や一族からの寄せ書きというのが届いて、母さんからのメッセージもその中にあった。

「あなたは私の最高傑作、母」と書かれてあった。みんなを爆笑させたこのメッセージ、実は弟の捏造であった。

弟はどんな思いでぼくと母さんを見ていたのであろう。

でも、あいつがぼくらをずっと支えてくれている。

ぼくは忙しくてなかなか実家に戻れないけれど、それにかわって、ぼくの息子が母さんの世話をしにバカンス時期に福岡に長期滞在をする。

家族が力をあわせて家族を守っているような感じだ。

ぼくが息子に「母さんの面倒を見てくれ」と命じたわけじゃない、息子が率先して福岡に行くのだ。彼が行きたい、と自分から言うのである。

彼曰く、パリについで好きな街が福岡なのだとか……。

ぼくが離婚をして息子と二人きりになった後、なにを思ったのか、息子は福岡で暮らしたいと言い出した。

ババが生きているうち、寄り添っていたい、と言った。

それは実践され続けている。

息子はぼくにかわって、大野島までしょっちゅう出向き、ジジのお墓の掃除もするし、白仏に手を合わせて先祖の供養もしている。

ぼくが忙しいから彼ができるかぎりのことをしてくれているのである。頭が下がる。

そして、息子にいろいろと教えているのがつねひさということになる。

血の繋がりというものは素晴らしい。

家族というものは有難い。

もっと書きたいことがあるけれど、書けないことの方が多かったりするので、書けないことはぼくが死ぬ前までになんらかの形で発表させてもらう。

それが小説家の仕事だからである。

まずは母さんが生きている今、母さんの夢だった自伝をぼくが書いてみた。

そこから彼女の屈しない人柄を少しでも感じ取っていただけたら幸いである。

ぼくは挫けそうになる時、母さんの言葉を思い出している。

「ひとなり、それは誰の人生ったいね」

作家、辻 仁成

辻 仁成　つじ ひとなり

1959年、東京都生まれ。

作家、詩人、ミュージシャン、映画監督、演出家。

81年、ロックバンド「ECHOES」を結成。

89年『ピアニシモ』で、すばる文学賞を受賞し、作家デビュー。

97年『海峡の光』で芥川賞、99年『白仏』のフランス語翻訳版「Le Bouddha blanc」で、仏フェミナ賞・外国小説賞を日本人として唯一受賞。

著作はフランス、ドイツ、スペイン、イタリア、韓国、中国をはじめ各国で翻訳されている。

現在は活動拠点をフランスに置き、創作に取り組んでいる。

著書に『サヨナライツカ』『真夜中の子供』『人生の十か条』『愛情漂流』など多数。

Twitterでの「84歳の母さんの言葉」が大きな反響を呼んでいる。

Webマガジン「Design Stories」主宰。

https://www.designstoriesinc.com/

Twitter: @TsujiHitonari

84歳《さい》の母《かあ》さんが
ぼくに教《おし》えてくれた
大事《だいじ》なこと

2019年10月31日　初版発行
2022年 5 月30日　再版発行

著　者　辻《つじ》 仁成《ひとなり》

発行者　青柳 昌行

発　行　株式会社KADOKAWA
〒102-8177 東京都千代田区富士見2-13-3
電話 0570-002-301（ナビダイヤル）

印刷所　図書印刷株式会社

●お問い合わせ
https://www.kadokawa.co.jp/（「お問い合わせ」へお進みください）
＊内容によっては、お答えできない場合があります。
＊サポートは日本国内に限らせていただきます。
＊ Japanese text only

定価はカバーに表示してあります。

ISBN 978-4-04-604567-6 C0095